# 당연한
# 하루는 없다

당연한
하루는 없다

1판 1쇄 발행 2021년 12월 17일
1판 3쇄 발행 2024년 12월 9일

지은이 희우

발행처 (주)수오서재
발행인 황은희 장건태
책임편집 박세연
편집 최민화 마선영
마케팅 황혜란 안혜인
디자인 권미리

제작 제이오
주소 경기도 파주시 돌곶이길 170-2 (10883)
등록 2018년 10월 4일 (제406-2018-000114호)
전화 031 955 9790
팩스 031 946 9796
전자우편 info@suobooks.com
홈페이지 www.suobooks.com
ISBN 979-11-90382-52-6 (03810)
책값은 뒤표지에 있습니다.

# 당연한
# 하루는 없다

---

아픈 몸과
성장하고 싶은 마음
사이에서

희우 지음

수오서재

## 나는 과연 할머니가 될 수 있을까?

"이번에 너를 잃을 수도 있다는 생각이 들더라…."

곧 투석을 시작한다는 말에 친구가 답했다. 그 순간 죽음이 내 삶에 날아와 꽂혔다. 당연하지만 한 번도 상상해본 적 없었던 나의 죽음을, 가까운 사람들이 생각하고 있을 줄은 몰랐다. 나는 고작 스물일곱이었다.

노인의 몸을 살고 있는 것 같았다. 루푸스 신염을 만난 열여덟 이후 신장내과 병동에서 나는 언제나 막내였다. 병실 할머니들은 아가가 아파서 어쩌누, 하며 열여덟, 스물, 스물일곱의 내 손을 꼬옥 잡아주셨다. 거의 십 년이 지나도록 병원만 가면 언제나 아가가 되었다. 할머니들에게 손을 맡긴 채 생각했다. 주름을 제외하면 우리는 거의 비슷한 몸이 아닐까? 금세 바닥나는 체력, 깜빡거리는 기억력, 자주 붓는 무릎, 쓰임을 다한 신장. 내 몸은 또래 친구들보다 병원에서 만나는 할머니들과 더 비슷해 보였다.

직업이 생기고, 엄마가 되고, 할머니가 되는 일이 내게 올까? 수시로 툭, 바닥에 떨어지는 마음을 주워다 친구들에게 꺼내놓기가 부끄러웠다. 청춘에게 어울리는 청사진. 나의 미래는 창창해 보이기보다, 뿌연 회색빛일 것만 같았다.

루푸스를 만난 지 9년째 되던 해, 나의 두 콩팥이 모두 기능을 소실해 투석 준비를 위해 입원해야 했다. 몸의 일부가 수명을 다했다는 사실을 알게 되자, 나의 기한을 짐작해보게 됐다. 그전까지만 해도 해맑게 웃으며 병동 이모, 할머니들과 수다를 떨고 다녔었는데. 이번만큼은 커튼을 닫고 형광등 빛조차 잘 들지 않는 구석 자리에 누워 숨죽여 울었다.

옆 침대 할머니는 매일 무기력하게 누워 있는 내게 사탕과 빵, 과일 같은 것을 슬며시 건네주셨다. 위로도, 동정도 하지 않고 그저 재미난 이야기를 커튼 너머로 들려주시기도 했다. 할머니, 나는 어떻게 살아야 해? 어느 날 내가 물었다. 하고 싶은 것도 많고, 할 수 있는 것도 많을 줄 알았는데. 고작 스물 몇 살에 아파버려서 이제 어떻게 살아야 하느냐고, 대답을 바라지 않는 질문이 허공에 흩어졌다.

할머니는 아직 어리니까 건강해질 시간은 많다고, 네가 견뎌내기만 하면 의사 선생님들이 다 고쳐줄 기술을 만들어낼 거라고, 그러니까 밥 자알 먹고, 햇볕 많이 쬐고, 지금처럼 방긋방긋 웃으며 버티라고. 그러다 보면 무거운 인생이 훌훌 털어지는 날이 온다고 했다. 내 등을 토닥이는 그의 가슬가슬한 손이 간지러워 눈물이 났다.

아픈 몸은 자주 위태롭다. 삶이 폭탄 같은 불행을 던질 때마다 할머니와 병원에서 찍은 사진을 꺼내 본다. 커튼 사이로 들려오던 할머니의 목소리를 떠올린다. 무조건 버티고 방긋방긋 웃어! 그 말이 불씨처럼 내 안에 자리 잡아, 내가 웃을 때마다 환하고 따뜻하게 살아났다. 어떤 시간도 결국 나의 삶이니까, 선명한 기쁨들을 마주하기 위해 눈을 더 크게 뜨고 행복의 냄새를 찾아다닌다.

나이가 들면서 이해할 수 있는 슬픔이 많아지기에 눈물이 많아진다는 말을 보았다. 열여덟부터 몸의 고통을 마주한 나는 사람들이 웃는 장면에서도 혼자 엉엉 우는 사람이 되었다. 눈물 많고 정도 많고 마음이 넘쳐서 풍요로운 할머니가 되고 싶다. 그리하여 병원 한구석에서 훌쩍훌쩍 울고 있을 아이의 등을 쓸어줄 수 있기를. 내가 힘들 때마다 달달한 간식과 온기가 스민 위로를 건네던 할머니들처럼.

어떤 생이든 소중해. 아픈 몸을 살아가는 생도, 무자비한 슬픔을 맞아낸 생도 모두 소중해. 아픈 나를 안아주듯, 어느 날의 힘든 당신을 안아주는 할머니가 되길 꿈꾼다. 그때까지 내 몸은 살아낼 수 있을까?

# 차례

1 장

# 내 몸에는 호스가 달려 있다

# 2장 서울대 희소 난치병 학생

## 3 장 투석을 시작하다

# 내 몸에는
# 호스가
# 달려 있다

1 장

# 대신, 살아갈 수 있게 되었다

내 몸에는 호스가 달려 있다. 배꼽 왼쪽 밑에 빼꼼히. 태아가 탯줄로 영양분을 공급받아야만 살 수 있는 것처럼, 나는 이 도관을 통해 몸의 노폐물을 걸러내야만 살아갈 수 있다. 똑, 똑, 한 방울씩 몸속으로 들어오는 피지오닐액을 보며 생각한다. 매일 투석줄에 묶여 두세 시간을 보내는 대신, 계속 살아갈 수 있게 되었다고. 엄마의 말처럼 정말이지 옛날이었다면 오래전에 이미 세상을 떠났을지도 모른다.

처음 '투석'이란 말이 내 생에 들어온 것은, 고작 스물다섯 살 때였다. 루푸스를 만난 지 7년째 되던 해이기도 하다. 그때 나는 뜨거운 가슴을 퍽퍽 치며 물었다.

"대체 왜? 왜 나만, 내가 뭘 그렇게 잘못했다고?"

메아리조차 돌아오지 않는 질문을 수없이 세상에 던졌다.

성취를 위해 건강을 미뤄두었다. 당장 내 몸이 괴로워하며 보내는 신호를 모른 체하고 미래를 향해 달렸다. 몸은 나의 열망도, 로스쿨 입학시험도 기다려주지 않았다. 시험이 끝나고 며칠 후, 나는 구급차에 실려 갔다. 그때 까만 천장을 바라보며 예감했다. 이제부터는 미뤄두었던 몸의 빚을 갚으며 살아가야 한다는 것을.

그때 내 신장은 겨우 55퍼센트만 살아 있었다. 이대로라면 5년 후에는 투석을 하게 될 것이라고, 신장은 낫지 않는 장기이기에 그 시점을 늦추기 위해 최선을 다하는 수밖에 없다고 했다. 나에게만큼은 이런 일이 일어날 리 없다고 부정하고, 어떻게 삶이 나를 배신할 수 있느냐고 분노했지만 무엇도 달라지지 않았다.

2년 후 신장 기능은 모두 소실되었다. 생각보다 신장은 빠르게 망가졌다. 1.7에 머무르는 것만 같던 크레아티닌 수치•

● 혈청 크레아티닌 수치는 콩팥 기능의 지표로 사용된다. 여성의 경우 0.6~1.0 mg/dL이 정상 범위이다.

는 한 달 반 만에 2.5로, 세 달 후에는 3.8로, 또 한 달 후에는 5.1로 속절없이 빠르게 올랐다.

"이제는 정말 투석을 준비해야겠네요."

의사 선생님은 조심스레 말했다. 뒤에 기다리는 환자가 아주 많다는 걸 알면서도, 나는 일말의 가능성을 타진해보고자 울음을 죽여가며 묻고 또 물었다. 조금 더 지켜볼 수는 없을지, 지금부터 노력할 수 있는 것은 없는지. 원하는 답을 듣기 전에는 떠나지 않을 사람처럼, 간곡하고 간절하게 이 상황을 돌이켜주길 바랐다. 투석만큼은 피하고 싶었다. 현실은 깨지 않는 악몽 같았다.

하지만 내 마음과는 다르게 몸은 점점 한계에 다다랐다. 나는 하루에 네 시간도 온전히 깨어 있지 못했다. 흐리멍덩한 머릿속, 떠오르지 않는 이름과 낱말들, 무거운 몸, 두 시간만 앉아 있어도 터질 듯이 부어 아픈 종아리, 흰죽만 먹어도 올라오는 구역질. 몸이 더는 버틸 수 없다고, 이제 한계라고 아우성쳤다.

엄마는 힘들어하는 내게 말했다.

"희우야, 투석을 받아들이기는 참 어렵지. 그렇지만 시력이 나빠서 안경을 쓰는 것처럼, 또 치아가 고르지 못해 철심을 끼워 교정하는 것처럼, 불편하지만 더 잘 살아가기 위해 감수하는 것으로 여기면 어떨까?"

투석. 두 글자만으로도 내 상상은 죽음까지 닿았다. 하지만 어쩌면 안경과도, 치아 교정과도 같은 것일지 몰랐다. 마음을 다독일 새도 없이, 몸만이라도 나아지게 해달라며 투석을 시작했다. 이미 벼랑 끝에 있으니 마음 따위는 중요치 않았다.

이쯤에서 내가 받게 된 복막투석에 관해 설명해야 할 것 같다. 신장투석 방법에는 혈액투석과 복막투석이 있다. 복막투석을 내 식대로 간단히 설명해보자면, 우선 장기를 둘러싼 얇은 막을 복막이라고 지칭한다. 이 복막에 실리콘 도관을 연결한다. 도관은 몸속으로는 복막부터 항문까지 닿는 길이이고, 몸 밖으로는 30센티미터 정도이다. 도관을 통해 투석액을 몸에 넣으면, 몸속 노폐물들이 확산과 삼투 작용에 의해 투석액으로 모인다. 일정 시간 후 투석액을 갈아주어 새로운 노폐물들을 흡수한다. 이 일련의 과정을 반복하는 것이 복막투석이다.

복막투석 환자가 된 후 나의 일상은 완전히 다른 모양이 되었다. 컨디션이 나아진 대신, 투석은 나의 시간을 묶어두었다. 시간에 맞춰 투석액을 교환해야 하기 때문에, 그때를 피해서만 약속을 잡거나 외출할 수 있다. 만약 해야 할 투석액 교환이 남아 있다면 여섯 시간 안에 집으로 돌아와야 한다. 내 몸에 달린 도관과 투석줄이 항상 연결된 것처럼, 여섯 시간에 한 번씩 내 몸은 끌어 당겨진다. 나의 하루는 이렇게 구성된다.

A.M. 12:00

투석액 주입을 위해 졸린 눈을 비벼가며 열두 시가 되기를 기다린다. 낮 동안 가온기에서 데워진 투석액을 꺼내 걸어둔다. 2.2킬로그램의 투석액은 내 마음마저 짓누른다. 투석액이 들어가면, 내 배는 꼭 아기가 들어 있는 것처럼 동그랗게 부푼다. 임신 8개월 때의 아기가 약 1.5~1.8킬로그램이라고 하니, 골격이 거의 완성된 태아를 품고 있는 모양과 같다.

다음으로 투석액 뚜껑을 벗기고 내 도관의 뚜껑을 열어 조심스레 연결한다. 도관 입구에 손이나 다른 물건이 닿으면 즉시 병원으로 가야 하기 때문에 아주 집중해야 한다. 도관에 묻은 세균이 복막으로 옮아가 염증이 생길 수 있기 때문이다. 배 속 장기의 일부가 도관과 바로 이어져 있다고 생각하면 쉽다. 아무리 익숙해져도 이 순간만큼은 몹시 긴장된다. 그래서인지 꿈에서조차 도관에 무언가 닿게 만드는 실수를 한다.

A.M. 6:00

투석액은 여섯 시간마다 한 번씩 갈아주어야 해서, 아침잠이 많은 나는 한숨을 쉬며 잠깐 일어난다. 새벽일을 나가는 것처럼 고된 표정으로 잠에서 깬다. 때로는 침대에서 졸다가 시간을 놓쳐 허둥지둥 투석을 시작한 적도 있다.

우선 투석액이 잘 데워졌는지 가온기에서 꺼내 확인한다. 종종 가온기가 자동으로 꺼져서 투석액이 차가울 때가 있다. 한 번은 졸리고 귀찮아서 차가운 투석액을 그대로 주입했는데, 순식간에 배가 차가워져서 베개를 끌어안고 추위를 견뎌야 했다.

가온기로 투석액을 데우는 건 시간이 아주 오래 걸리기 때문에, 결국 전자레인지로 향한다. 문제는 전자레인지는 투석액 비닐을 자주 터뜨린다는 것이다. 투석액은 하나에 1,500원 정도 하는데, 아까워도 그대로 사용할 수 없다. 터져버린 투석액은 오염되었을 가능성이 매우 커서 몸속에 넣었다간 병원비가 더 들 것이다. 결국 새 투석액을 꺼내 낮은 온도로 짧게 데운다.

졸음을 참으며 무거운 투석액을 옮기고, 터진 투석액을 잘라 버리고, 새로 데우는 동안 고달픈 인생을 한탄하게 된다. 겨우겨우 투석을 마치고 나면 30분은 훌쩍 지나가 있다. 살기 참 힘드네! 한바탕 한숨을 뱉어내고 다시 자리에 눕는다.

P.M. 12:00

하루에 두 번만 투석액 교환을 하는 나는, 이때가 하루의 마지막 투석 시간이다. (나중에는 하루에 4번, 그 후에는 기계 투석을 하게 되기도 했다.) 그래서 배액만 하고 배를 비워둔다. 배액을 하다 보면 배 속이 쪼그라드는 느낌이 든다. 마치 빨대로 남은 음료를 쪽쪽 빨아들일 때 컵이 쪼그라드는 것 같다. 문제는 몸속 도관이 항문 근처에 있다는 것이다. 그러면 저 밑 어딘가에서 뜨끔하는 자극이 온다. 심지어는 악 소리가 나올 정도로 아프기도 하다.

P.M. 2:00

투석을 다 마치고 나서야 외출 준비를 할 수 있다. 그래서 주로 약속은 오후 시간대에 잡는다. 불가피하게 오전에 나가야 한다면, 12시가 되기 전에 돌아오거나 전날 밤부터 투석 시간을 조정해야 한다.

나의 외출 준비는 다른 사람들보다 오래 걸린다. 샤워할 때 전후 의식이 필요하기 때문이다. 샤워 가운만 덜렁 들고 가던 전과는 달리, 새 거즈와 포비돈(빨간약) 스틱, 항생제 연고를 준비해둬야 한다. 그리고 도관 출구 위에 붙어 있던 거즈를 떼어내고, 긴 도관이 덜렁거리지 않도록 장루 주머니 속에 도관을 조심스레 담는다. 샤워하다 도관이 당겨지면 출구 주위에 염증이 생기거나 심하면 도관이 뽑힐 수도 있다.

또, 너무 긴 샤워는 복막에 세균을 감염시킬 수 있어서 샤워는 20분 내로 끝낸다. 그 후에는 물기만 털어내고 바로 출구를 포비돈으로 소독해야 한다. 얼굴 피부가 땅겨도 어쩔 수 없다. 20분간 샤워, 20분은 소독하고 말리고, 20분 동안 머리를 말리고 로션을 바르면 한 시간은 금세 지나간다. 시간을 잘못 계산하면 소독하느라 약속 시각에 늦어버리곤 한다.

나의 일상은 투석을 중심으로 돌아간다. 인간은 역시 적응의 동물임을 증명하듯, 갈수록 투석하는 삶에 익숙해지고 있다. 아침에 일어나서 물 한 잔을 마시는 것처럼, 투석은 어느새 당연한 일과가 되었다. 투석액을 보는 것만으로도 버거웠던 마음 역시 점점 덜어졌다.

투석은 또 다른 삶의 방식이었다. 죽음으로 가는 길목이 아닌 나를 살리는 길에 가까웠다. 삶을 얻은 것에 비하면 당연했던 일상을 내어준 것은 아무것도 아닐지 몰랐다. 불편함을 감수하는 대신, 살아갈 수 있게 되었다. 나는 복막투석 환자다.

## 오래달리기를 잘했던 아이

위염과 몸살로 앓으며 며칠을 흘려보냈다. 몸이 아파 침대에만 붙어 있게 될 때는 시간이 참 빨리 간다. 그저 앓으며 정신없이 지내다 보면 며칠이 삭제되어 있다. 이렇게 잃어버린 내 시간은 대체 얼마나 될까?

'열여덟 살부터 10년을 아팠지만 그동안 내가 자유롭게 쓸 수 있던 시간은 고작 3분의 1 정도 되는 건 아닐까, 그러면 아직 스물한 살이라고 쳐주면 안 될까?'

그런 생각을 하면서 그날그날 주어진 약들을 삼켰다. 빠르게 약 먹을 시간이 돌아오자 꼭 시간을 잃는 약을 먹는 것처럼 느껴졌다.

휴대폰 진동이 생각의 꼬리를 잘랐다. 오랜 친구 영일이었다.

"여보세요?"

"뭐 하냐?"

"그냥 있어, 몸이 좀 아파."

우린 그동안 밀렸던 쓸데없는 이야기들을 나눴다. 요즘 코로나 때문에 밖에 못 나가, 커피머신을 사볼까, 운전 연습도 해야 하는데, 그런 연관성 없는 얘기들을 무수히 주고받았다. 끊고 나면 무슨 이야길 했는지 금방 잊힐 말들이었지만 혼자 가만히 누워 우울의 꼬리를 무는 것보단 나았다.

그 애와 나 사이에 당연한 침묵이 잠깐 흘렀다. 말과 말 사이에 자연스레 자리 잡는 침묵에도 문득 쓸쓸한 마음이 들어서, 전화를 받기 전까지 하던 생각을 꺼내놓았다.

"시간이 너무 빠른 것 같아. 이런 몸으로 잘 살아갈 수 있을지 모르겠어."

"세상을?"

"응. 내가 할 수 있는 게 아무것도 없는 느낌이야."

"너, 중학교 2학년 때 체력장에서 오래달리기 엄청 잘했던 거 기억나?"

그 애의 뜬금없는 한마디에 오래된 장면들이 그려졌다. 맞아, 그럴 때도 있었지! 하면서 웃음이 절로 나왔다. 속상한 마음이 생생한 기억들로 덮여갔다. 그 애가 건넨 기억에는 아프기 전의 내가 선물처럼 들어 있었다.

"기억나! 나 그때 얼굴 시뻘게질 정도로 뛰었잖아."

"나 그때 너 보고 진짜 감탄했는데."

"나 1등 하지 않았었나? 진짜 웃겨. 잘하지도 못하는걸."

"엄청 의외였어. 네가 죽을 것 같은 얼굴로 악착같이 뛰는데, 왜 굳이? 이런 생각도 들더라."

"나도 심장이 터질 것 같은데도 계속 달리면서, 내가 왜 이러나 싶을 정도였어. 그래도 그때 참 잘 달렸네."

"그러니까… 네가 생각하는 것보다 너는 더 강한 사람인 거 아닐까?"

열여덟, 그 후로 사고 같은 병치레가 많아서였을까? 아프기 전의 내 모습이 잘 기억나지 않는다. 이식 수술 후에 건강해진다면 어떻게 살고 싶냐는 질문을 가끔 받는데, 늘 처음 받는 질문처럼 잠시 멎는다. 아프지 않은 나는 차마 그려지지 않기 때문이다.

아프지 않았던, 혹은 아프지 않을 나는 어떤 사람이 될까? 나는 도저히 알 수 없다. 루푸스 신염과 신장병을 빼고는 이제 나를 설명할 수 없다는 걸 안다. 그 모든 아픔과 눈물의 밤을 견뎌내고서야 지금의 내가 만들어진 걸 테니까. 아프지 않았던 과거를 떠올리면, 그때 이랬던 게 사실은 병이 생길 징조는 아니었을까? 그때의 그 성격이 지금의 병을 만든 건 아닐까? 하며 결국 아픈 나로 돌아온다.

병이 남긴 자국이 진흙처럼 덕지덕지 묻어 내가 아래로 아래로 빠지면, 내 곁의 사람들은 내게 '나'를 건넸다. 찬란하던 때의 나를, 아픔이라곤 모르고 철없이 밝기만 했던 나를 기억해주는 사람들이 있다. 아프지 않은 내가 있었다는 것, 그리고 지금도 존재한다는 것을 다시 알게 되는 순간, 나는 그 진흙탕에서 빠져나올 수 있다.

예를 들면, 나는 한때 쌍코피의 스타였다. 2001년, 아홉 살인 나는 태권도를 아주 열심히 배웠다. 품 띠를 따기 위해 국기원에 갔을 때, 처음 진짜 겨루기 시합을 했다. 합만 맞춰보던 도장에서의 겨루기와는 달리, 실전 승부였다. 갑자기 실전에 놓여 너무 두려운 나머지 눈을 질끈 감고 들어찍기를 연속 세 번 했다. 유연한 나의 필살기였다. 그러자 상대방 여자애가 갑자기 멈춰 서서 타임을 요청했다. 심판의 물음에 그 애는 말없이 가리고 있던 코를 열어 보였다. 쌍코피가 흐르고 있었다. 그 후로 우리 도장에서 내 별명은 쌍코피의 스타가 되었다. 나는 내심 뿌듯해 마음이 간질거렸다. 그 후 바람의 나라 아이디도 쌍코피의 스타로 바꿨다.

건강했던 모습은 분명 내 안에도 자리 잡고 있다. 열일곱의 나는 어느 여름날 건널목 신호를 기다리면서 건강함을 아쉬워했다. 소설 속 여주인공처럼 연약하게 픽, 픽, 쓰러지고 싶기도 했다. 태권도와 요가로 다져진 튼튼한 허벅지보다 어쩐지 그런 연약함을 가지고 싶었다. 그때의 나를 만날 수 있다면 등짝을 때리며 말하고 싶다.

"이건 다 인터넷 소설의 폐해야! 자꾸 쓰러지는 사람은 멋진 게 아니라 아픈 거고, 환자라서 삶이 즐거울 수 없다고!"

꽥꽥 소리를 지르며 가만히 서 있는 열일곱의 나의 어깨를 잡아 흔들 것이다. 그래도 그런 생각을 하던 열일곱의 내가 부럽다. 앞으로 다가올 운명을 알지도 못한 채 무작정 해맑고 건강한 내가 그립다. 그때는 너무 건강했고, 삶에 굴곡이라곤 없어서 재미있는 일이랍시고 연약함을 꿈꿨을 테니까. 그때의 내가 그 생각을 거두기보다는 그 시간을 마음껏 누리기를 바란다.

오늘도 침대에 누워 있지만, 내게도 분명 찬란했던 시절이 있었다. 나는 그 애를 영영 잊고 싶지 않다. 다시 만날 수 있다면 더할 나위 없이 좋겠지만.

## 병으로 가는 길인 줄도 모르고

나의 병은 어디에서 왔을까? 병은 이유 없이 온다지만, 줄곧 되돌아본다. 이만큼 커다란 불행이 그냥 왔을 리는 없다고, 내가 전생의 전생의 전생에라도 무슨 잘못을 한 게 분명하다고 생각한다. 그래야만 이 불운을 이해할 수 있다. 그럴 때마다 한 문장이 머릿속을 날카롭게 스쳐 지나간다.

"공부는 잠시 그만두렴. 대학은 나중에도 갈 수 있잖아."

할아버지 의사 선생님은 쑤시는 등허리를 부여잡은 내게 말했다. 열심히 살지 말고, 스트레스받지 말고, 편안히 지내야 잘 넘길 수 있다고. 신장 조직검사 후 루푸스 확진을 받았을 때였다. 그런데도 공부를 그만두지 못한 나는 그 한마디를 자꾸만 붙잡는다. 루푸스가 나를 괴롭힐 때마다 그의 말이 다시 마음속에서 스멀스멀 피어오른다. 내 마음속에 있는 할아버지 의사 선생님은 아픈 나를 호되게 꾸짖는다.

기억은 그 문장이 가리키는 곳으로 흘러간다. 언제부터 공부에 매달리게 되었는지 생각해보다가 아주 최초의 기억까지 닿는다. 무엇이든 누구보다 잘해야 직성이 풀렸던, 완벽함을 갈구하던, 키가 고작 120센티미터밖에 되지 않는 여덟 살의 나. 여덟 살의 나는 태린이 때문에 피아노를 그만뒀다. 걔를 도저히 이길 수 없었기 때문이다. 그 애는 나보다 1년 정도 먼저 피아노를 치기 시작해서 내가 바이엘을 칠 때 체르니를 치고, 내가 체르니 100을 칠 때 체르니 30을 쳤다. 양쪽으로 머리를 높게 땋고 공주 옷을 입고 다니던 태린이를 도저히 이길 수 없어서 피아노를 그만둬버렸다. 누가 가르쳐주기도 전에 이미 승부의 세계에 나를 놓아두었다.

떡잎부터 경쟁심이 강했지만, 다행히 동네 친구들과 어울려 에너지를 발산하며 자랐다. 어디에도 매몰되지 않은 채, 점심시간에 가요를 틀고 목소리를 내보내는 것이 그저 행복한 방송부원으로 중학교 시절을 보냈다. 고등학교 시절을 온통 공부로만 채운 것을 생각하면 명랑했던 어린 시절이 있었다는 게 몹시 다행인 일이다.

또 다른 기억 조각, 홀린 듯이 대학만을 향해 질주하던 고등학교 시절을 떠올린다. 그곳에는 발랄함을 잃은 까만 눈빛을 가진 내가 있다. 어쩌면 이때 모든 불행의 씨앗이 내게 흘러들어왔을지도 모른다고 생각한다.

나보다 공부 잘하는 애들은 다 외고나 자사고에 가서 얼떨결에 수석으로 고등학교에 입학했다. 입학식 날 선서 대표를 맡은 나는 모든 애들을 뒤로한 채, 맨 앞자리에 섰다. 선서를 하려고 나름의 엄숙한 표정으로 교장 선생님 앞에 섰는데, 자꾸만 입꼬리가 히죽히죽 올라갔다. 일등이 주는 그 기분은 정말이지 짜릿했다. 그 간지러운 기분을 누구에게도 알려주지 않고, 앞으로도 쭉 나만 알고 싶었다.

그때 학원에서 갑용 선생님을 만났다. 반 배치 고사 성적이 없던 나는 중위권 반에 배정되었는데, 분위기나 수업 진도가 맞지 않았다. 엄마는 학원에 전화를 걸어 나를 상위권 반으로 옮겨주었고, 그곳의 권력자가 갑용이었다. 그는 진한 사투리로 아이들에게 수학을 가르쳤다. 잘하는 애들은 한껏 치켜세워주지만, 못하는 애들을 대놓고 무시하는 무자비한 성격으로 유명했다. 처음 반을 옮긴 날, 그는 수업을 하다 말고 나를 복도로 불러냈다. 그리고 내게 물었다.

"너, 수학이 재미있니?"

나는 해맑게 고개를 끄덕이며 대답했다.

"한번 배웠던 거라서 문제 푸는 게 재밌어요!"

그는 내 대답을 듣고 한쪽 입꼬리만 올리며 웃었다. 그리고 다시 한 번 물었다.

"너 어디까지 배웠는데? 수1까지 배웠어?"

"네!"

나는 뿌듯하게 대답했다. 엄마가 우리 집 형편에 거금을 들여 수학 단과학원을 보내주어서 선행학습을 했기 때문이다. 그는 다시 얘기했다.

"너, 그거 아니? 우리 반 모든 애가 다 수1을 뗐어. 그중 반은 미적분까지 뗐고, 또 그중 반은 수2까지 한 애들이지."

그는 문에 달린 작은 창문 같은 곳으로 애들을 가리키며 말했다. 소리가 교실 안까지 들리는지 애들은 내 쪽을 쳐다봤다. 난 그런 것과 상관없이 내가 해낸 것이 자랑스러울 뿐이었지만, 어쩐지 초라해지고 부끄러워해야 할 것만 같았다. 그게 그와의 첫 만남이었다.

그의 기대에 부응해서 나에 대한 편견을 깨부수고 싶었다. 선생님의 말씀과 기준이 세상 전부 같았던 때였다. 그의 호통을 따르고 나면 무엇이 기다리고 있을까는 중요치 않았다. 그저 어떤 승부욕, 어떤 욕심이 나를 추동했다. 갑용이 나를 채찍질할수록 더 열심히 달리는 말이 되었다. 몸에 생채기가 나는 줄도 모른 채 정신없이 질주했다.

어느 날, 갑용은 좋아하는 것 세 가지를 끊으면 SKY에 갈 수 있다고 말했다. 그 후 나는 '친구 만나기, 텔레비전 보기, 컴퓨터 하기'를 모두 끊었다. 그를 만난 후 나의 일상에 즐거움은 사라졌다. 아침 7시에 학교에 가고, 쉬는 시간에는 영어 단어를 외웠다. 하교 후에는 집에서 간식을 먹고 학원으로 갔다. 6시부터 10시까지 진행되는 학원 수업을 듣고 쉬는 시간에 주먹밥, 샌드위치 따위로 식사를 때웠다. 집에 돌아와서는 침대 위에 작은 탁자를 펴놓고 새벽 2시까지 그날 배운 문제를 복습했다. 처음엔 2시까지 버틸 수 있었지만, 날이 갈수록 나도 모르게 앉은 채 잠드는 날이 늘어갔다.

얼마 가지 않아 손가락이 찌릿하게 아프고, 머리카락이 이상하리만치 많이 빠졌다. 찜찜했지만 신경을 쓰기에는 너무도 자잘한 증상들이었다. 작은 몸의 문제 따위는 잊고 나는 바삐 달렸다. 성취를 향해, 까만 눈을 한 채로. 그곳이 병으로 가는 길인 줄도 모르고.

며칠 후, 등교를 했지만 열이 많이 나서 1교시가 시작되기도 전에 집으로 돌아왔다. 침대 위에 놓인 내 몸이 끓는 것만 같았다. 더워서 이불을 치워버리고 싶어도, 거실에 있는 아빠를 부르려는데도, 팔도 입술도 움직여지지 않았다. 점점 뜨거운 내 몸을 견딜 수 없어지자 '고열로 죽는다는 건 이런 건가, 나는 이렇게 죽나?' 싶었다. 때마침 아빠가 화장실에 가기 위해 내 방 쪽으로 움직이는 기척이 느껴졌다. 몸이 완전히 굳을수록 감각은 더 살아났다. 목이 메어 쉰 목소리로 아빠를 불렀다.

"아빠."

뒤 음절을 완전히 발음하지도 못해 눈물이 났다. 아빠를 부르지 못하면 죽을 것 같은데, 목소리가 나오지 않았다. 뜨거운 눈물이 볼을 타고 흘렀다. 온 힘으로 목소리를 내보냈다. 이상한 기척을 느낀 아빠가 방으로 들어왔고, 그는 화들짝 놀라 나를 일으켰다. 왜 그러냐고 묻기도 전에 뜨거운 내 몸을 알아챈 것 같았다.

"희우야, 병원, 병원 가자. 일어날 수 있겠어?"

아빠는 제대로 서 있기도 어려운 나를 부축했다. 나는 아빠 등에 엎드려 잠이 들었다. 자꾸만 지난날들이 꿈속에서 맴도는 것만 같았다. 그러다 얼핏, 내 안으로 흘러들어온 병의 씨앗을 만난 것도 같다.

# 우 리 는
# 한 참 을 몰 랐 잖 아

아빠, 그날 기억나? 왜, 내가 열이 많이 나서 학교에서 바로 돌아온 날 있잖아. 나 그때 진짜 아팠는데. 아빠는 그때 혹시 알았어? 내가 이렇게까지 아파질 줄 말이야. 나는 정말 조금도 몰랐거든. 그 열이 두 달 넘게 계속될 줄도, 그게 루푸스라는 희소병 때문일 줄도 몰랐어. 심지어 10년 후 몸에 호스를 꽂게 될 줄은 더더욱 상상도 하지 못했어.

우리 그때 병원을 참 많이도 돌아다녔다, 그치? 처음 간 병원에서는 열나는 건 임파선염 때문이고 손가락 아픈 건 퇴행성 관절염이라고 했잖아. 그 말에 아빠랑 나랑 서로 쳐다보면서 갸우뚱했었는데 기억나? 의사 선생님 앞이라서 웃지도 못했어. 고작 열여덟인데 퇴행성 관절염이라니, 다시 생각해도 정말 이상해. 가벼운 병인 줄 알아서 그랬나? 우린 웃어넘길 수 있었네.

우리는 그러고도 한참을 병에 대해 몰랐잖아. 머리카락이 빠지고 열이 나고 눈이 좀 붓고 손가락이 아프고, 그런 가벼운 증상들이어서 그랬을 거야. 동물처럼 털갈이를 하나 보다, 요즘 좀 피곤한가, 감기 기운이 있나, 싶었잖아. 내과들에서도 보이는 증상에만 대처를 해줬어. 머리가 빠진다고 하면 고등학생이라 스트레스를 받는 거 아니냐고 웃으며 물었고, 그나마 유의미하게 얻어온 병명은 임파선염뿐이었지. 그때 나는 그런가 보다, 하며 해열제와 소염진통제를 달고 살았어.

그런데도 한 달 넘게 병증이 줄어들지 않으니까 엄마는 결국 여기저기 물어 동네에 잘 본다는 내과를 알아 왔어. 거기서는 피검사, 소변검사만 해보곤 바로 큰 병원에 가는 게 좋겠다고 했어. 신장이 안 좋은 것 같다고. 생각지도 못한 말에 우리는 깜짝 놀랐어. 큰 병원을 알아보고 예약하고 기다리는 동안 시간이 빨리도 흘러갔어. 답답하고 두려웠는데, 내 맘은 아는 체도 않고 시간은 제멋대로 달려가더라.

그때 만난 할아버지 의사 선생님은, 청소년기에는 무리하게 운동을 하거나 고기를 많이 먹으면 단백뇨가 잠깐 나올 수 있다고 했어. 그래서 우린 안심하고 대학로를 구경하며 와플도 사 먹었잖아. 그런데 한 달 후 다시 찾은 병원에서 나는 바로 입원해야 했어. 혹시 모르니까 해보자던 24시간 소변검사에서 단백뇨가 어마어마하게 나와버린 거야.

아빠, 나는 그날이 되게 흐릿하게 기억나. 볕이 많이 드는 가을날이었던 것 같아. 병원에는 사람이 많고 시끄럽고 웅성거렸어. 그날의 기억은 꼭 빛바랜 사진을 보는 느낌이야.

나는 얼떨떨했어. 고작 두통이 있고 손가락이 좀 아프고 눈이 붓고 열이 좀 날 뿐이었는데, 대학병원에 입원해야 할 정도라니 믿기지 않았어. 거기는 무지 아픈 사람들이 가는 곳이잖아. 구급차들이 줄지어 들어오고, 다치고 아픈 사람들의 이송 침대가 거칠게 지나다니는 곳. 온몸에 소변 줄, 링거 줄 등을 줄줄이 단 사람들이 걸어 다니는 곳 말야. 나는 그렇게 아픈 것 같지 않은데 병실에 내 이름이 붙어 있는 게 낯설고 싫더라.

아빠, 그때 마음이 어땠어? 엄마는 혹시 속으로 우는 것 같지는 않았어? 만약 그때로 돌아간다면 엄마, 아빠의 표정을 가만히 들여다보고 싶단 생각을 해. 아이가 아프다는 것을 안 부모의 마음은 어땠는지, 말없이 두 사람의 등을 쓸어내리며 침묵에도 고개를 끄덕여주고 싶어.

아빠, 사실 아직도 내가 이만큼이나 아프다는 게 낯설어. 몸에 호스를 꽂고 있는데도, 벌써 병이 10년이나 됐는데도 이렇게 매번 마주 설 때마다 얼마나 생경한 기분인지 몰라. 그러다가 엉엉 울어버리게 돼. 아직도 열여덟, 입원하던 날의 나를 껴안고 사나 봐. 그때의 나를 가만히 들여다볼 때면 걔가 너무 안쓰럽고, 가엾고 그래. 이 마음은 어쩜 이렇게 무뎌지지 않을까? 그때의 나를 마주하면 꼭 그 애에게 져버려.

신장 조직검사•를 하던 날도 기억나. 그게 뭔지도 모르고 시술실에 들어갔어. 그게 얼마나 다행이었는지 몰라. 이름만 들어도 딱딱한 조직검사는 처음이라 그런지 내 옆의 기계는

● 신장 질환의 조직학적 진단이 필요한 경우, 예후를 알기 위한 경우, 치료의 반응을 알기 위한 경우 시행한다. 초음파를 보면서 신장의 위치를 확인해가며 신장 조직검사 바늘로 신장 조직을 떼어낸다. 지혈을 위해 최소 6~8시간 절대안정이 필요하다.

심박수가 높다고 계속 울려댔어. 등허리에 부분 마취를 하는데 누가 억하심정으로 세게 꼬집는 느낌이었어. 마취만 했는데도 이미 아파서 검사는 어떨지 몸이 덜덜 떨렸어. 그래도 왜, 치과 치료는 마취가 제일 아프고, 그다음엔 나름대로 참을 만하잖아. 비슷하길 바랐어. 의사 선생님은 숨을 들이마시고 잠시 참으라고 하더니 내 등허리에 총 같은 걸 쐈어.

탕.

윽. 아빠, 조직검사가 몸 안에 있는 장기 조직 일부를 떼어내는 거라며? 나중에야 알았어. 총을 쏘면 그 막대에 조직이 조금 걸려 나와서 그걸 검사하는 거래. 세 번 쏜다고 했는데, 첫 번째를 맞고서는 도저히 다음 걸 맞을 수 있을 것 같지 않았어. 이미 죽은 것 같았어. 엄청나게 아팠다는 말이야. 그리고 겨우 두 번째를 참아냈는데 또 한 번이 남았잖아. 그 숨 막히던 시간은 지금 떠올려도 오싹해.

검사가 끝나고서도 안도할 수 없었어. 그게 끝이 아니었거든. 여덟 시간 동안 꼼짝없이 등허리에 모래주머니를 차고 누워 있어야 한다는 거야. 그래야 지혈이 된다나. 베개도 못 베게 하고 정자세로 누워 있으려니까 허리가 끊어질 것 같았어. 처음 네 시간까지는 괜찮았는데 시간이 지날수록 지나가는 간호사 선생님을 붙잡고 얼마나 남았는지, 그만하면 안 되는지를 자꾸 물어보게 되더라. 지혈이 덜 됐다며 추가로 두 시간을 늘렸을 때는 뜨거운 숨이 가슴에 차는 것 같았어.

할아버지 의사 선생님은 며칠 후 내 몸에 관한 결과를 들고 왔어. 루푸스 신염이라고. 아직 신장이 망가진 것은 아닌데, 루푸스 활성기라서 신장도 점점 망가질 확률이 높다고 했지. 이름도 생소한 낯선 병을 받아들고 우린 그저 얼떨떨했어.

아빠, 그때부터 나는 내 몸이 나인지, 루푸스인지 끊임없이 헷갈려. 이미 그때 다시는 원래의 내가 될 수 없다는 걸 알았던 것 같아.

할아버지 의사 선생님은 대뜸 공부를 잘하냐고 물었어. 나는 병에 관한 얘기를 그만하고 싶어서 얼른 그렇다고 대답했어. 그랬더니 선생님은 기다렸다는 듯이 공부를 그만하는 게 좋겠다고 말했어. 대학은 언제라도 갈 수 있지 않냐고 하면서 말이야.

나는 이해할 수가 없었어. 조금 아플 뿐인데. 이제 두 달 후면 고3이 되는데 공부를 그만두라니 말도 안 되잖아. 내가 지금껏 얼마나 노력했는데. 갑용 선생님의 말과, 새벽에 공부하다 책상에서 잠들어버린 나와, 주먹밥 따위로 저녁을 때우던 내가 생각났어.

그때를 생각하면 자꾸만 가정법을 들이밀고 싶어져. 다른 과거를 상상하고 가정해보고 싶은 순간이 있잖아. 그때가 변하면 지금의 내 모습도 한 움큼쯤은 바뀔 것만 같은, 그런 순간 말이야. 조금 더 빨리 병을 발견했더라면 어땠을까? 주먹밥으로 때우지 않고 건강하게 잘 먹었으면, 새벽 2시까지 공부하지 않았다면 어땠을까? 갑용 선생님을 만나지 않았더라면? 그러지 않으려고 해도 조금씩 더 먼 과거로 회귀해서 잘못돼 보이는 선택을 꾸짖게 돼.

결국 할아버지 의사 선생님의 말을 듣지 않았어. 고3 내내 스테로이드를 하루 열한 알, 열두 알씩 먹으면서 공부했지. 덕분에 서울대에 갔고 빵빵한 얼굴로 아빠의 자랑스러운 후배가 되었어.

그때 공부를 그만두고 대학을 포기했으면 어땠을까? 그럼 지금 몸에 호스를 안 달고 있었을까? 과연 루푸스가 무사히 나았을까? 그렇다면 나는 다시 돌아간다면 모든 걸 포기할 수 있는 사람이었나? 아무것도 장담할 수가 없어. 그런데 지금 상황이 밑바닥이라고 느껴져서 뭐든 돌이켜보고 싶은 마음이 드는 거야. 그런 생각이 열여덟의 나와 화해하게 만들지도 앞으로 나아갈 수 있게 하지도 않지만, 어쩌면 나는 평생 그 질문을 안고 살게 될 것 같아.

아빠도 혹시 그 순간들에 물음표를 던지고 있어? 오랫동안 물음표를 던지며 알게 된 건, 그 물음표가 결국 나를 찌르고 있었다는 거였어. 아무것도 몰랐던 그때의 내게, 대체 왜 그랬냐고, 바로잡을 기회가 몇 번이나 있지 않았느냐고 잘못을 추궁하고 있었던 거야.

나는 이제 그때의 나를 탓하기보다 안아주고 싶어. 과거를 돌아보며 내 잘못을 샅샅이 뒤지고, 뒤따라오는 무거운 질문들을 그 애에게 던지는 일을 멈추려고 해. 아빠, 나는 이제야 조금 알 것 같아. 병은 누구의 잘못으로 생긴 게 아니라는 걸 말이야. 우리는 다만 그 지난하고 지독했던 시간을 씩씩하게 걸어온 사람일 뿐인걸.

이제는 지금의 나를, 병과 함께여도 괜찮을 나를 봐줘. 우리는 이제 그때가 아닌 지금에 머물기로 해. 아빠도 그럴 수 있으면 좋겠어.

## 미 안 해 ,
## 엄 마

병과 함께 돌아온 내게는 억울함보다 이유 모를 미안함이 먼저 왔다. 집에 오던 날까지 내게 붙어버린 병이 믿기지 않았다. 그렇게 큰 병이라면 윽, 하고 피라도 토해야 하는 거 아닌가? 큰 병이라곤 드라마 속에서만 경험해본 어린 나는 그저 의아했다. 이 정도라면 병이 없거나 아니면 곧 나아버릴 감기 같은 것이어야 할 것 같았다.

아리송한 이름의, 원인도 알 수 없고 치료법도 없다는 자가면역질환 루푸스. 그것은 내 몸 어디에 자리 잡고 있는지

형체조차 느껴지지 않았지만, 우리 가족 모두를 혼란스럽게 할 만큼 존재감이 컸다. 엄마는 나를 위해 방을 구석구석 쓸고 닦았고, 아빠는 혹시나 자신 때문에 내가 아픈 것은 아닌지 걱정했다. 나는 모든 것을 뒤로하고 잠에 들었다. 정체불명의 병과, 치렀던 온갖 검사들과, 입원실 할머니들의 침투적인 질문 같은 성가신 일들은 홀랑 잊고 집이 주는 안전함에 젖어들었다.

몹시 나쁜 꿈을 꾼 것만 같았다. 병원에서의 일들이 모두 실감 나지 않았다. 그러다가도 울컥, 루푸스라는 이름을 입안에서 굴려보았다. 낯선 단어는 입안을 까끌하게 만들었다. 내 몸 어디쯤에서 루푸스를 느낄 수 있을지 살폈다. 퉁퉁 부은 눈일까, 자꾸 빠지는 머리카락일까, 욱신거리는 손가락일까? 어떤 증상들보다 가슴께가 아렸다. 이제 어쩔 도리 없이 이전의 내가 아니라, 루푸스를 가진 나였다.

나쁜 꿈에서 깨어나면 현실을 곱씹어야 한다. 내가 발붙이고 있는 세상을 기억해야 꿈은 꿈일 뿐이라는 것을 실감할 수 있으니까. 내가 살아가고 있던 문밖의 세상엔 우리 가족이 있다. 유망하고 정의로웠던 아빠는 오랜 실직 상태였다. 지금 생각해보면 우울증에 가깝게, 그는 하릴없이 텔레비전 속 드라마를 보며 살아내고 있었다. 우리는 아빠의 지방 선거 낙선의 여파로 큰 빚을 떠안고도 있었다. 동생 웅이는 사춘기인지 방문을 굳게 걸어둔 채 지냈고, 엄마는 퇴근 후 고단한 몸을 이끌고 집에 돌아와 밀린 집안일을 하고 세 식구의 밥을 챙겨주느라 바빴다.

나는 그 모든 것을 마음에 품고 공부하는 딸이었다. 엄마를 구해주고 싶었다. 열여덟의 내가 보기에도 엄마에게 믿을 것이라곤, 오직 공부 잘하는 딸내미인 나 하나뿐이었던 것 같다. 얼른 돈을 벌어 그를 호강시켜주리라 다짐했다. 그런 막중한 임무를 지닌 내가 고2 중간고사를 앞두고 쓰러져버리다니. 나는 엄마의 유일한 숨구멍인데. 그에게 힘이 되고 싶었는데, 짐 덩어리로 전락한 것만 같았다. 나쁜 꿈이 현실이 되었다는 것이 더욱 실감 났다.

그날 밤, 나는 힘없이 떨리는 손으로 엄마에게 편지를 썼다.

"미안해, 엄마. 그동안 내 걱정 많이 했지? 나는 괜찮아. 앞으로 몸 관리도 잘하고 더 열심히 공부할게."

병은 뒤로한 채 맡은 역할을 끝까지 수행해내겠다는 다짐을 그에게 건넸다. 엄마는 내게 그런 것 따위 원하지 않았겠지만, 꼭 그것을 지켜내고 싶었다. 열여덟의 나는 어쩌면 지금보다 더 철들어 있었던 것 같다.

언젠가 가깝게 지내던 사람이, 자기 주변 사람들은 다 아픈 것 같다며 원망스레 말했다. 그는 나의 아픔에 대해 슬픔을 토로한 것이었겠지만 나는 그에게 아주 미안했다. 어떤 식으로든 주변 사람들에게 짐이 되는 것 같아 초라하게 느껴졌다. 이런 나와 함께하는 사람들은 나를 때로 지겨워하고 미워하겠지. 결국 모두 떠나버릴지도 모른다고 불안해하며 왜곡된 관계의 길을 자주 걸었다. 그리고 이 마음의 가장 밑바닥에는 엄마, 선희가 있었다.

선희의 생을 생각하면 나마저 아픈 현실이 지겨울 만도 할 것 같았다. 선희는 중학교 3학년 때 엄마가 돌아가셨고, 고등학교 3학년 때 아버지가 쓰러지셨고, 대학교 4학년 때는 가장이던 큰오빠마저 뇌졸중으로 쓰러졌다. 남편인 성우는 학생 운동 당시 오래 고문을 당해서 한동안 후유증으로 몹시 힘들기도 했다. 그러니까 내가 아프다는 사실은 그에게 개별 사건일 수 없었고, '나마저' 아파버리게 된 것이었다. 엄마의 주변 사람들이 모두 아파 억울하거나 원망스럽지는 않은지, 그래서 내가 때로 밉지는 않을지 두려웠다.

오랜 시간이 지난 후에야 엄마에게 물을 수 있었다. 내가 아픈 것이 원망스러운 적 있느냐고. 그러자 엄마는 단 한 번도 그런 적 없다고 말했다. 오히려 자신의 삶을 살며, 생로병사가 모두 삶의 과정임을 알게 되었다고 했다. 그렇기에 왜 나만, 왜 우리만, 그런 원망의 질문들이 결코 나를 향한 적 없었다고 했다. 그 대답을 듣고서야 내가 사랑하는 사람들이 나를 미워하고 있을지도 모른다는 불안이 녹아내렸다.

불안은 사실 나에게서 왔을 것이다. 내가 아픈 나를 미워하고 있었기 때문에 흔들렸다. 아픈 나를 지겨워하고, 약속을 못 지키는 내게 짜증을 내고, 아픈 것은 쓸모없어지는 것이라고 말하는 사람은 결국 나였다. 여느 날과 같이 약속을 미루며 사과하던 내게 친구는 말했다.

"우리는 함께 살아가는 거잖아. 그러니까 아픈 건 미안해하지 않아도 돼."

열여덟의 내게 돌려주고 싶은 말이다. 그동안 살아낸 것만으로도 대단한 일이라고. 아픈 것은 미안한 일이 아니라고. 앞으로도 자주 아프겠지만, 더는 스스로를 짐으로 취급하지 않을 것이다. 그래야 지치지 않고 또 살아낼 수 있을 테니까. 우리는 함께 이 터널의 끝을 지나고야 말 테니까.

## 사 람 들 은  자 꾸 만
## 나 를  못  알 아 봤 다

“어? 희우 너였어?”

현주는 나를 보고 얼어붙었다. 장난치지 말라며 그 애의 어깨를 툭 치려고 했는데, 현주는 놀란 눈을 거두지 못했다. 그 애를 붙들고 물었다.

“너 아까 진짜 나 못 알아본 거였어? 정말?”

그 애는 입술만 움찔거리다 시선을 바닥으로 떨궜다. 교실 시멘트 바닥의 점박이 무늬를 하나하나 세는 건지 눈빛이 흔들렸다. 초침 소리만 크게 들려왔다.

퇴원 후 다시 학교에 가는 날만 기다렸다. 얼른 학교에 가고 싶었다. 원래 내가 있던 곳, 그곳에 아프지 않은 나의 모습이 기다리고 있을 것 같았다. 할머니들 틈에서 침묵의 병원 생활을 보내고 나니, 원래 내가 있던 자리가 너무도 간절했다. 학교에 가서 모두와 즐겁게 떠들고 나면 루푸스 같은 것은 없던 일이 될 것만 같았다.

전에는 예쁘지 않다고 투덜대던 교복도, 환자복이 아니라는 사실에 그저 좋았다. 친구들과 같은 옷을 입고 같은 공간에 있으면 나는 나일 거야, 환자나 루푸스 같은 수식어가 붙지 않은 본연의 나. 그런 생각을 하며 옷을 입는데 느닷없이 치마 지퍼가 올라가지 않았다. 이어서 블라우스의 단추는 금방이라도 나가떨어질 것처럼 겨우 잠겼다. 숨을 최대한 들이마셔도 단추도, 지퍼도 제자리를 찾아가지 못했다. 내게 딱 맞는 건 오직 스타킹뿐이었다.

루푸스는 나를 몹시 바꿔놓았다. 루푸스 활성도와 단백뇨를 잡기 위해 스테로이드 충격요법•을 받았다. 얼굴은 달덩이

• 스테로이드는 루푸스의 치료 조절에 가장 많이 사용된다. 증상이 심하여 고용량의 스테로이드가 필요한 경우 단기간 정맥주사로 투여하는데, 3~5일간 하루에 1그램의 스테로이드를 정맥 투여하는 것을 펄스요법(충격요법)이라고 한다. 장기간 사용 시 부작용으로는 월상안(얼굴이 둥그렇게 살찌고), 멍이 잘 드는 것, 골다공증, 고혈압, 당뇨병, 우울증, 무혈성 골괴사, 백내장, 위출혈, 기회감염의 증가 등이 있다.

처럼 부어 점점 다른 사람처럼 변해갔다. 쌍꺼풀에는 애벌레 한 마리가 붙어 있는 것 같았고, 턱은 두 개 반쯤 되는 듯했다. 팔다리는 가늘어지고 몸의 중심에 살이 모였다. 몸무게는 크게 달라지지 않았는데도 목 뒤, 어깨, 팔뚝, 가슴과 배 등 상체가 이렇게 부풀어 올라도 괜찮은 걸까? 싶을 정도로 달라져 있었다.

전과 같은 교복을 입었지만 아주 낯선 얼굴이 거울 속에 있었다. 조금씩 변해가는 내 모습을 느끼면서도 모른 체하고 있었는데. 역시 이전의 나로 돌아가기엔 틀린 걸까, 마음마저 초라해졌다. 괜히 가방끈을 잡아당기고 신발을 질질 끌며 학교 근처에 도착했다. 단짝 현주를 마주쳐서 이름을 불렀는데, 그 애는 내가 있는 쪽을 슬쩍 보더니 갸우뚱하고는 다시 발걸음을 돌렸다. 나를 못 봤을 리가 없다고 생각하면서도 주변을 돌아보고는 얼른 교실로 향했다.

교실에서 다시 만난 현주를 보고 나는 씩씩거리며 다가갔다.

"야! 너 왜 아까 나 모르는 척하고 갔냐?"

그 애는 잠깐 눈이 위아래로 커지더니 그대로 얼어붙었다.

그 후로도 사람들은 자꾸만 나를 못 알아봤다. 작년 담임 선생님, 초등학교 때 태권도를 내내 같이 다녔던 오빠들, 2년간 학생회를 같이 했던 선배들조차 나를 말없이 지나쳤다. 이방인이 된 것만 같았다. 내가 없던 시간 동안 사람들이 나를 지워버린 듯했다.

학교에 돌아온 지 사흘째 되던 날, 아는 사람을 마주쳐도 더 이상 먼저 인사하지 않았다. 나만 상대방을 알아보고 움찔하곤 그대로 스쳐 지나가는 일들이 반복되었다. 갑자기 외톨이가 된 나는 축 늘어진 마음을 책상에 기대었다. 쉬는 시간에 복도를 쏘다니며 다른 반 친구들을 찾던 나는 이제 없었다. 교실을 나서면 다시 이방인이 될 게 분명했다.

등굣길에 매일같이 지나야 하는 중앙 현관에 내 사진이 붙어 있었다. 병원에서 돌아온 후로는 고개를 푹 숙이고 그 앞을 지나갔다. 그러다 현주의 손을 끌고 사진 앞으로 향했다. 올려다보지 못했던 그 사진은, 입원 한 달 전에 끝난 학생회장 선거용 사진이었다. 내가 기억하는 내 얼굴이 제일 앞에 있었다. 해맑고 당당한 사진 속 그 애는 한 번도 무엇을 잃어본 것 같지 않았다. 팔짱을 끼고 사선으로 돌아서서 자신만만한 미소를 짓고 있는 애. 그 앞에서 현주에게 물었다.

"그렇게 많이 달라?"

현주는 아니, 그 정도는 아닌데, 음, 지금 잠깐 그런 거잖아, 하며 횡설수설 답을 늘어놓았다. 잠깐 그럴지, 계속 그럴지는 아무도 모를 일이었다. 루푸스는 낫지 않는 희소 난치병이라서 국가에서 병원비의 90퍼센트를 내주는데, 지금 잠깐일 리 없었다. 나는 셈이 빠르고 세상을 잘 믿지 않는 부류의 열여덟 살이었다.

가만히 사진을 들여다보니 가슴이 미어졌다. 나를 못 알아보는 사람들을 원망했지만, 받아들여야 할 것 같았다. 나도 사진 속 내가 낯설었으니까. 현주는 내 어깨를 토닥여주었다. 토닥토닥, 리듬에 맞춰 숨을 고르며 눈물을 멈추려 했지만 그럴수록 뜨거운 신음만이 목을 타고 넘어왔다.

"현주야, 저 사진… 이제, 떼어 달라고 하자. 안 보이게…."

울음을 뱉어가며 말했다. 예전의 모습을 이제는 지워버려야만 할 것 같았다. 그렇지 않으면 지금의 내가 지워질 테니까. 지금의 얼굴이 마음에 들지 않더라도, 아프기 전의 내가 아니라 지금 여기에 존재해야 했다.

겨우겨우 그 시간을 살아내고 있었다. 그 와중에도 스테로이드 부작용은 매일 최악을 경신했다. 매일 아침 열두 알씩 집어삼키는 스테로이드는 겨울방학 동안 내 얼굴과 몸집을 더 빵빵하게 부풀렸고 그사이 나는 고3이 되었다. 새로운 반에는 새로운 얼굴의 친구들이 있었다. 그중에는 내가 아프다는, 아니, 내 얼굴이 달라졌다는 소식을 못 들은 친구들도 있는 모양이었다. 그 애들 사이에는 이상한 소문이 돌았다. 희우가 방학에 성형수술을 했는데, 큰 부작용을 겪었다는 얼토당토않은 소문이었다.

어느 날, 나와 말 한 번 섞어보지 않았던 민지라는 애가 내 옆에 의자를 끌고 와 앉았다. 나는 엎드린 채 고개만 돌려 그 애를 쳐다봤다.

"너 진짜 성형하다 이렇게 된 거야?"

이렇게? 이렇게가 뭔데? 삐딱한 마음이 치밀어 올랐다. 날 선 마음을 간신히 감추고 약 부작용 때문이라고 답했다. 그런데도 그 애는 내게 계속 질문을 던졌다. 무슨 약? 어디가 아픈데? 근데 얼굴은 왜 그래? 내가 걱정돼서가 아니라 순전히 자신의 호기심을 풀고 싶은 무례한 질문들. 사람들은 왜 이렇게 내 얼굴에 관심이 많은 걸까? 자기 얼굴에나 관심을 가지면 좋으련만. 그러나 그때 우리는 외모에 너무나도 관심이 많은 열아홉이었다. 나조차 매일 내 얼굴 부기를 가늠하는데, 주변 애들이 보내는 관심도 어쩌면 당연했다. 그래도 직접 물어온 민지 덕분인지 성형 소문은 잦아들었다.

"여러분, 죽지 말고 살아야 합니다!"

내가 돌아온 후 교장 선생님은 훈화 때마다 그렇게 말씀하셨다. 교장 선생님은 종종 과자를 건네주시고, 내가 낸 선거 공약이라면 뭐든지 동의해주시는 분이었다. 1학년 학생부회장, 2학년 학생회장을 하는 동안 교장 선생님과 자주 담소를 나눴다. 그러던 내가 한동안 보이지 않다가 아주 다른 얼굴로 학교에 나타나자, 선생님의 눈이 아주 많이 흔들렸다. 그 후로 그는 조회 시간마다 죽지 않아야 한다고 외쳤다. 그분은 내게 힘을 주고 싶었는지도 모르지만, 그 말을 들을수록 내가 곧 죽을 것만 같았다. 겨우 죽음을 면하고서, 혹은 죽음을 유예하고서 학교에 와 있는 것만 같았다.

학생회장으로서의 대외 업무에 부회장 친구를 내보내고 뒤에만 숨어 지냈다. 나를 보려는 사람들의 흔들리는 눈빛을, 갸우뚱하는 고갯짓을, 수군거리는 귓속말을 감당해낼 자신이 없었다. 엄마는 내가 속상해할 때마다 얼굴은 그저 껍데기일 뿐이라고 말했지만, 내가 겪은 경험들은 그렇지 않다고 말해주었다.

얼굴은 하나의 정체성이었다. 얼굴이 달라지고부터 사람들은 나를 이전의 나로 봐주지 않았다. 그렇게 내가 아닌 것만 같은 시간이 이어졌다. 고등학교 3학년이 끝날 때까지 얼굴은 결국 돌아오지 않았고, 나도 내 마음도 제자리로 돌아가지 못했다. 그렇게 죽지 않고 살았지만, 이전의 나도 지금의 나도 아닌 채로 버텼다. 어쩌면 이전의 그림자로 살고 있는지도 모른다고 생각하면서. 반쯤은 이방인인 듯이, 또 반쯤은 지워진 듯이.

흘러가는 시간을 어영부영 따라잡으며 살아서일까? 나는 내가 누구인지 여전히 헷갈린다. 그리고 아직 그때의 사진을 꺼내 보지 못한다.

## 나보다 커버린 동생

"네가 희우 동생이라며?"

자신의 이름이 기억되기도 전에, 웅은 새 학기마다 선생님들께 이 말을 들었다. 두 살 터울의 내가 공부도 꽤 잘하고, 학생회장을 도맡는 교내 유명인사였기 때문이다. 시간과 함께 금세 사라질 말이었겠지만, 웅은 자기 자신보다 누구의 동생으로 먼저 불리는 일이 많이 못마땅하고 약간 뿌듯했을지도 모른다.

그 이야기를 줄곧 들어오면서도 그 말에 가려졌을 동생의 시간을 헤아려본 적은 없었다. 나는 조금 잘난 애답게 늘 나만 보고 있었다. 주변 어른들은 항상 날 주목하며 대단하다 말해주었고, 정말 그런 줄 알았다. 여느 십 대들처럼 내 중심으로 세상이 돌아가고 있었다. 그러다 갑작스레 병이 찾아온 후로는, 불행을 마주하지 않기 위해 더더욱 주변을 향한 시선을 닫아버렸다. 퉁퉁 부어버린 거울 속 나를 지우고만 싶어서 온 신경은 결국 나를 향했다.

운명과도 같은 불행 앞에서 내가 속수무책으로 흔들리는 동안, 동생은 그의 시간을 살아내고 있었다. 아픈 누나와 일이 없는 아빠, 그 틈에서 고된 얼굴을 한 엄마의 곁에서. 고작 열여섯이 스스로를 다 컸다 생각하며, 마구잡이로 흔들리는 지반 위에서 중심을 잡으려 애썼다. 웅은 그즈음 학교를 잘 나가지 않고 집에 잠자코 누워 있곤 했다. 자기 위로 드리운 어두운 그림자 아래서 막막한 시간을 견디고 있었다. 늘 닫혀 있는 방문 뒤로 어쩐지 그 애의 표정이 보이는 것 같았다.

하루는 우리 집에 구부러진 쇠젓가락 같은 것을 든 아저씨가 왔다. 의학으로 고칠 수 없다는 병인 루푸스에 걸린 딸을 위해 엄마는 기도하고, 미래를 점치고, 수맥이 흐르는 곳을 알아봤다. 온갖 의학과 믿음과 풍수지리를 통해서라도 나를 고쳐주고 싶어 했다. 쇠젓가락 아저씨는 우리에게 이 집의 기운이 썩 좋지 않다고 했다. 마침 우리는 아프기 한 해 전에 이 집으로 이사를 왔다. 특히 내 방의 기운이 아주 쇠했다고 했다. 그 말을 입증이라도 하듯 쇠젓가락은 내 방 앞에서 보란 듯이 흔들렸다.

그날 밤 나와 웅이는 피난을 떠나는 사람처럼 베개와 당장 필요한 휴대폰 충전기, 안경, 필기도구 같은 물건들만 껴안고 방을 바꿨다. 그런다고 내 몸이 더 아파지거나 나아질 것 같지는 않았다. 그렇지만 만약에 아저씨의 말이 사실이라면, 웅이마저 아프게 될까봐 조금 두려웠다. 아저씨가 동생에게는 해가 없을 거라 말하는 동안 웅은 어떤 표정도 짓지 않았다.

그 애 방에 있던 컴퓨터 모니터를 켜자 네이트온 메신저가 자동으로 로그인되었다. 매일같이 오빠나 언니의 험담을 쏟아내는 친구들이 생각나 웅은 어떨지 탐색하기 위해 메시지함을 열었다. 조마조마한 마음으로 검색창에 '누나'라고 쳤다. 단 두 개의 메시지가 있었다. 하나는 웅이 친구에게 누나가 컴퓨터를 잠깐 쓸 것이라고 얘기한 것이었다. 그때 나는 잠깐 안도하면서 얘도 참 재미없네, 생각했다. 그게 참 그 애답기도 했다. 나머지 메시지를 클릭하자마자 가슴이 쿵, 순식간에 안도감은 사라졌다.

웅의 친구가 고장 난 휴대폰을 바꿨느냐고 물었다. 고장 난 지 꽤 오래됐는데 언제 바꿀 거냐고 닦달하고 있었다. 동생은 답했다. 아직 누나가 많이 아파서 부모님에게 이야기를 꺼내지 못했다고.

그 순간 동생의 생이 내 마음에 날아와 꽂혔다. 나의 세상은 충격과 함께 확장되었다. 내가 나만의 전투인 줄 알았던 고난을 치르는 동안, 동생도 한쪽에서 함께 견디고 있었던 것을 그제야 알게 됐다. 내가 고작 열여덟에 불행을 마주했다고 소리치는 동안, 동생은 겨우 열여섯에 아픈 누나의 투정과 울음을 지켜보며 누나보다 더 자라야 했다. 자신이 청하고 투정할 자리를 줄여, 나에게 주고 있었다.

이제는 상상할 수 있다. 열여섯의 웅은 휴대폰이 고장 났을 때뿐만 아니라, 수많은 시간에 자신의 목소리를 줄여야 했을 거라고. 그런 자신을 대견해하면서도 무척 서러웠을 거라고. 소리 없이 부모를 필요로 했던 열여섯, 열일곱, 열여덟, 그 후로도 웅은 부단히 자랐다.

그 애는 벌써 스물일곱이 되었다. 스스로에게 뿌리내린 그 애는 몸도 맘도 나보다 훌쩍 커졌다. 이제는 누구의 동생보다도 자기 자신에 더 가까운 어른이 되었다.

## 결코 무너지지 않는 상대

"오늘도 백혈구 수치가 낮네요."

진료실 문을 열자마자 의사 선생님이 말했다. 한 달간 조마조마한 마음으로 몸을 사려왔던 나는 금세 어깨가 늘어졌다. 복막투석을 시작한 후로 몇 달째 백혈구 수치가 낮게 나와서 추가 검사를 하고 있었다. 처음엔 루푸스 재발이 그 이유인 것 같다고 의심했는데, 루푸스 활성 수치나 증상은 아직 괜찮았다.

방심할 수 없었다. 루푸스는 어떤 작은 모습으로든 찾아왔기 때문이다. 조금이라도 무리하거나, 스트레스를 받기 시작하면 루푸스는 꿈틀거렸다. 내가 하고 싶은 것을 찾아 눈을 빛내는 사이 루푸스는 호시탐탐 내 몸을 뒤덮을 기회를 엿보고 있는 듯했다. 열망으로 마음이 꿈틀거려도 루푸스를 생각하면 브레이크가 걸렸다. 열심히 사는 건 이제 두려운 일이 되었다.

두 차례 큰 공격을 당했던 나는, 언제라도 터질 수 있는 폭탄을 끌어안고 사는 것처럼 몸을 사렸다. 자주 내 몸을 의심스러운 눈으로 살폈다. 어, 조금 붓네, 너 다시 오니? 이 빨간 점은 혹시… 루푸스 홍반이야? 작은 예고만 주고 휘몰아치듯 찾아오는 루푸스 때문에 나는 늘 날 서 있었다. 끊임없이 예의 주시하면서도 병 때문에 스트레스를 받지 않아야 낫는다는 게 이 병의 가장 큰 딜레마였다. 나는 다시 물었다.

"선생님, 만약 루푸스가 다시 활동하는 거라면요, 왜 그런 걸까요?"

"음… 그걸 알면 우리가 루푸스를 잡지 않았을까요?"

"아…."

상세 불명의 전신 홍반성 루푸스, 이름조차 미스터리한 나의 병. 현대 의학이 이렇게나 발달했는데도 원인도, 근본적인 치료법도 없는 내 병은 제멋대로 나를 휘두른다. 의사 선생님은 우선 푹 쉬고 잘 먹으라며, 잘 자야 한다고 아주 기본적인 삶의 조건들을 되짚어주었다. 내가 할 수 있는 건 고작 그런 것들뿐이었다. 10년 전에도, 그리고 10년이 지난 지금에도.

하고 싶은 것들을 포기하면서 나를 돌보더라도 루푸스가 오지 않는다는 보장은 없다. 덕분에 나는 스스로 자주 묻는다. 지금 이 속도로 달리는 거, 괜찮은 거야? 보이지 않는 재발의 경계를 넘지 않도록, 그러면서도 최대한 하고 싶은 것을 해낼 수 있도록 속도를 조절한다. 매 순간 나는 치밀하게 나를 살피고 질문해야 한다.

한 번 재발의 경계를 넘어버리면, 루푸스는 순식간에 나를 장악한다. 그 후로는 내가 열심히 살건 나태하게 살건, 나를 돌보며 살건 방치하며 살건 상관없이 루푸스는 언제든 다시 나타나 나를 물고 사정없이 흔든다. 그러다 내가 도저히 견디지 못할 즈음이 되면 그제야 나를 잠시 놓아주곤 했다. 아니, 어쩌면 온갖 약물에 취해 달아나버렸는지도 모르지만.

처음 병을 겪을 때는 초심자의 열정이 있었다. 내가 노력하면 금세 완쾌할 거라고, 난치병이란 말이 내게는 통하지 않을 거라고 믿었다. 공부는 그만두지 못했지만, 조금이라도 건강한 몸이 되기 위해 힘썼다. 스트레스받지 않고, 건강하게 먹고, 충분히 잘 자고, 규칙적인 운동을 하는 것. 쉬워 보이지만 고3에게는 가장 어렵기도 한 처방이었다. 공부할 시간을 쪼개서 헬스장과 요가원에 다니고, 누가 시키지도 않은 채식을 하고, 피곤이 풀릴 때까지 열 시간 이상 잠을 잤다. 그런데도 루푸스는 조금도 나아지지 않았다. 나는 다시 물어야만 했다. 지금의 속도로 살아도 되는 걸까?

매달 돌아오는 외래 진료에 갈 때마다 심장이 터질 것만 같았다. 해야 할 일과 좋아하는 일을 포기하면서 몸을 돌보고 있으니 그만큼의 성과가 있기를 바랐다. 조금이라도 나아져서 얼굴을 붓게 하는 약을 줄일 수 있기를 기도했다. 하지만 매번 진료실 문을 열고 들어가면, 할아버지 의사 선생님은 속상하다, 라며 한숨을 쉬었다. 억울함이 밀려왔다. 대체 뭘 더 어떻게 하라는 거야! 들리지도 않을 루푸스에게 소리치고 싶었다. 한 달의 고군분투는 고작 3분의 진료로 쓸모없는 것이 되었다. 나는 여전히 내 몸이 원하는 속도를 맞추지 못했다. 매번 내 속도계는 틀리고 있었다.

아침마다 스테로이드 열두 알을 손바닥에 올려놓고 노려

보았다. 짜증 냈다가, 울기도 했다가, 체념했다가, 한숨 쉬었다가, 그 자리에서 사라지고 싶은 마음이 들었다. 그렇게 1년 넘게 스테로이드를 먹고 나는 점점 부풀어만 갔다. 이렇게나 열심히 하는데 조금도 낫지 않는다니, 이 약들은 다 무슨 소용일까 싶으면서도 매일매일 약을 삼켰다.

건강도, 공부도 열심히만 하면 이뤄낼 수 있는 건 줄 알았다. 그런데 이번만큼은 달랐다. 결코 무너지지 않는 상대를 보며 점점 무기력해졌다. 루푸스를 이길 수 없다는 걸 점점 받아들이고 있었다. 내 병을 위해, 내 몸을 위해 무엇을 해도 통하지 않는다는 건 몹시 절망스러운 일이었다. 아무 대응도 하지 못한 채 계속 아프기만 해야 한다는 말과 같았으니까.

그러던 열아홉 여름방학에 자기관리 부문 교육감 표창장을 받았다. 큰 상을 받아 기쁘면서도 내심 어리둥절했다. '자기관리 부문'이라는 말이 까끌하게 맴돌았다. 공부도 건강도 무엇 하나 잘 해내지 못하고 있었기 때문이다. 고3이 된 후로는 몸이 아파 점심시간 전에 학교에 간 적이 드물고, 더 아픈 날에는 밥만 먹고 돌아오기도 했다. 그런데 왜 이 상을 받았을까? 몸이 아프면서도 공부를 열심히 했다는 증표인 걸까?

몸 하나 제대로 통제하지 못하는 내가 자기관리 상을 받아도 되는지 의문스러웠다. 그것은 어쩌면 건강보다 공부를 택해서 받아낸 상장이었을 것이다. 내가 자기관리를 잘하고 있는 게 맞긴 했을까? 그런 사람이라면 공부를 완전히 포기하고 몸을 돌봐야 하지 않았을까? 그랬더라면 이렇게까지 바닥을 치지는 않았을지도 모른다. 본래 바닥이란 그런 거니까. 바닥까지 떨어지고 싶지 않아서 발버둥 치다 보면 결국 더 곤두박질치게 되는 거니까.

끝내 놓을 수 없던 열아홉의 그 마음을 기억한다. 재발의 경계를 넘지 않고자, 스스로 끊임없이 이대로 괜찮은지 물어오면서도 공부를 완전히 놓을 수는 없었다. 지금까지 쌓아온 것들에 대한 아쉬움, 1년만 버티면 이 고생이 끝난다는 간절함, 무엇보다도 이렇게까지 아파질 줄 몰랐던 안이한 마음 때문이었을 것이다.

나는 너무 어렸고 달리는 법만 알았다. 몸이 괜찮은 선에서 최대한 공부를 많이 하고 싶었다. 그저 쉬라는, 툭 놓아버리라는 몸의 소리를 듣지 못했다. 공부하는 만큼 헬스장과 요가원에 꾸역꾸역 다니고 있으니 나아질 거라고 생각했다. 몸이 원한 건 공부든, 운동이든 힘을 빼라는 것이었을 텐데. 다시 돌아간다면 모든 것에서 자유로워질 수 있을까? 결국 질문으로 회귀한다.

이제 나는 모든 질문을 거두고 그저 소망을 읊는다. 그 시절의 내가, 열렬히 꿈꿔왔던 것이라도 그만둘 수 있는 용기를 가진 사람이기를. '지금'이 아니라도 '언제든'이라는 여유와 자부심을 앞세울 수 있는 사람이기를. 건강한 몸이 제일 중요하다는 것을 아는 지혜로운 사람이기를 바란다. 과거는 돌이킬 수 없고 나는 오늘과 내일을 살아가야 하니까 어제는 덜 돌아보려고 애쓴다.

다시 지금의 백혈구 수치에 귀 기울인다. 혹시 그때처럼 무언가를 놓지 못하고 있는 건 아닐까? 내 몸이 내가 붙들고 있는 것에 찔려 아프다고 아우성치고 있지는 않은지 살핀다. 이제는 무엇보다 살아가는 일이, 사랑하는 사람들과 함께 보내는 시간을 늘려가는 일이 가장 중요하다는 걸 알기에.

# 서울대
# 희소 난치병
# 학생

2장

# 오래된 배터리

스무 살이 되면 다 나을 줄 알았다. 스무 살이 되는 새해에 무슨 마법이라도 걸린 것처럼 뿅! 하고 건강했던 나로 돌아가는 줄 알았는데. 나름대로 이유는 있었다. 루푸스는 스트레스와 관련이 깊다고 하니 수험 생활이 끝나면 스트레스와 함께 루푸스가 절로 사라질 거라 믿은 것이다. 대학생이 되어 가벼운 몸으로 캠퍼스를 걸어 다닐 이전의 나를 상상했다. 그러나 역시 마법은 없었다.

여전히 빵빵한 얼굴로 대학에 갔다. 어른들 말처럼 대학교에 가면 공부는 그만해도 되는 줄 알았는데, 전혀 그렇지 않았다. 똑똑한 애들이 가득 모여 있는 서울대에서 무난한 성적을 받기 위해선 고군분투해야 했다. 특히 내가 입학한 인문계열에는 외고 출신 애들이 많았고, 우리들의 실력 차이는 인맥 차이만큼이나 엄청났다. 그 애들은 고등학교 3년 동안 AP• 시험을 치르고 토플, 텝스를 마스터하고 GRE•• 단어까지 외웠는데 나는 토익도, 텝스도 쳐본 적이 없었다. 그즈음 일반고에서 온 친구들과 "우리는 전산오류 전형으로 서울대에 들어왔지"라며 자조 섞인 농담을 하고 다녔다.

게다가 친구들에게는 날마다 시간이 추가로 주어지는 건지, 그 애들은 과제를 다 해내면서도 노는 곳에도 빠지지 않았다. 그에 비해 나의 에너지는 턱없이 부족했다. 한 달에 한 번은 수업을 빠지고 외래 진료에 가고, 일주일에 한 번은 아파서 내과에 갔다. 병원에 다녀와서는 친구들에게 겨우 받은 필기로 못 간 수업 내용을 독학했다. 적어도 열 시간은 자야

• The Advanced Placement Program. 원래는 북미지역 고등학생들이 대학과정을 고등학교에서 미리 듣고, 미국 대학 진학 후 이수할 과목을 면제받을 수 있는 과목이다. 우리나라에서는 미국 대학 입학을 대비해 한미 교육 위원단에서 시행하는 AP 시험을 치른다.

•• Graduate Record Examination. 미국의 대학원 수학(修學) 자격시험이다. 주로 미국 대학원에 유학할 때 필요하다.

체력이 회복되었고, 하루에 한두 과목을 들으면서도 녹초가 되었다. 연비 나쁜 자동차처럼 체력을 돌려놓기 위한 시간은 배로 드는데, 쓸 수 있는 시간은 반절도 안 됐다.

어느 날 SNS에서 '체력 때문에 공부, 연애, 동아리 세 가지 중 하나는 포기해야 한다'라는 말을 봤다. 내 몸뚱이는 하나가 아니라 둘은 포기하라고 외쳤다. 스무 살, 스물한 살의 친구들은 기숙사나 자취방에 살며 밤늦게까지 친목을 다졌다. 나는 통금이 없는데도 다음 날 출석을 위해서 저녁을 먹자마자 집에 돌아가야 했다. 어제 친구들이 늦게까지 혹은 밤새 나눈 이야기를 알지 못했다. 작은 공백들은 점점 쌓여서 그 애들과 나 사이에 거리감이 생겼다. 누구에게 서운해할 수도 없는 노릇이었다. 우리는 어쩌면 영영 비슷해질 수 없는 사람들이었다.

여느 날과 비슷한 목요일이었다. 저녁에는 중간고사가 끝난 걸 기념하기 위한 학번 모임이 있었다. 얼결에 학번 대표를 맡았던 나는 식당과 술집을 예약하고 애들에게 일일이 연락을 돌렸지만 정작 갈 수는 없었다. 몹시 지쳐버려서 자주 숨이 얕게 쉬어졌고 붕 뜬 기분이 진정되지 않았다. 피로는 언제나 취기처럼 왔다. 약간의 조증과 어지러움을 동반하고 몸에 힘이 풀렸다. 무릎이 퉁퉁 부어 다리가 후들거렸다. 모임에 갈 생각에 신나서 신고 온 갈색 웨지힐을 길에 버려버리고 싶었다. 호기롭던 아침의 내가 안타깝고 미웠다.

오후 5시만 돼도 학교에서 역까지 나가는 길은 막혔다. 게다가 버스에는 앉을 자리가 하나도 없었다. 봄 날씨에 관악산을 찾은 등산객으로 붐볐다. 지친 나머지 괜한 곳에 불똥을 던졌다. 등산을 다닐 정도면 분명 나보다 건강할 텐데, 왜 나는 양보받을 수 없는 거야? 노약자석에 앉을 때마다 젊다는 이유로 쌀쌀맞은 눈초리를 받아왔기에 자주 억울하고 화가 났다. 겉으로 보이지 않으니 알 수 없다는 걸 잘 알면서도 사람들을 쉽게 미워했다.

모임에 가지 못한 게 아쉬워도 집에 가는 편이 나았다. 지친 몸을 모른 체해봤자 고작 서너 시간 즐겁고 다음 날 하루를 완전히 날리게 된다는 걸 알게 되었기 때문이다. 몸은 복수라도 하듯 다음 날 나를 침대에만 붙여 놓았다. 나는 그렇게 누워 있는 걸 '죽어 있다'고 표현했다. 친구들이 어디서 뭐 하냐고 연락하면 죽어 있다고 답했다. 어지러워서 휴대폰조차 볼 수 없는, 문자 그대로 아무것도 할 수 없는 상태였기 때문이다.

그럴 때마다 신나게 캠퍼스를 누빌 친구들을 생각했다. 지금쯤 청춘의 건강을 누리고 있겠지? 아침부터 밤까지 공부도 마음껏, 놀기도 마음껏 하겠지. 그러면 성적도 잘 받고 동아리도 하고 싶은 걸 하나 정도는 할 수 있겠지? 노래하기를 좋아해서 공연 동아리에 들고 싶었지만, 내 컨디션의 변덕이 주변 친구들에게 피해를 줄 수 있다는 엄마의 조언에 가입조차 시도하지 못했다. 공부도 취미 생활도 친구 관계도, 뭐 하나 마음대로 되는 게 없었다.

내 몸에 갇혀 있는 듯했다. 정신은 친구들과 함께 캠퍼스를 휘젓고 다니는데 몸은 여기, 침대 위에만 붙어 있었다. 언제쯤 내 몸에서 빠져나갈 수 있을까? 오늘은 대체 몇 시쯤 괜찮아질까? 조금이라도 빨리 나아지면 좋겠어서 조급해하다 보면 시간은 더욱 더디게 흘러갔다. 오후 5시가 되어서야 자리에서 일어나 끼니를 때울 수 있었다.

어두운 거실에서 대충 끓인 죽을 꾸역꾸역 삼키고 있노라면 슬픔이 몰려왔다. 대학에 다니는 것도 이렇게 힘든데, 이 몸뚱이로 과연 뭘 할 수 있을지 잘 상상이 되지 않았다. 몸이 지치는 만큼 마음도 지쳐갔다. 내일은 눈이 떠지지 않았으면 좋겠다고, 들릴 듯 말 듯 작은 목소리로 생각했다. 하고 싶은 것을 아무것도 못 하고 좋아하는 사람들과도 멀어지면서 살아야 한다면, 굳이 더 살 필요가 없을 것도 같았다.

나는 꼭 오래된 배터리 같았다. 조금만 써도 얼마 못 가 방전되어버리는 배터리. 그래서 침대에 온종일 붙여 놓아야 겨우 충전이 되는 고물. 닳을 대로 닳아버린 내 몸을 얼마나 더 쓸 수 있을까, 내 몸의 소비기한은 이미 지나버린 것은 아닐까? 그렇게 울다가 잠든 다음 날엔 꼭 몸이 아팠다.

## 부 러 진  의 자

철퍼덕. 쿵. 쿠궁.

지푸라기 의자는 완전히 부서져 나뒹굴었다. 그 위에 있던 나와 함께. 모두 웃음을 감추는 데 급급해 아무도 넘어져 있는 내게 손을 내밀지 않았다. 오기를 부리며 바닥에 드러눕고 싶었다. 대신 나를 자극한 매튜를 노려보았다. 얼굴이 시뻘게질 정도로 낄낄거리고 있던 그에게 할 수 있다면 주먹을 휘두르고 싶었다.

스무 살 겨울방학, 자랑스레 여겼던 영어 실력이 대학에선 별것 아니었단 걸 깨닫고 필리핀 어학연수를 떠났다. 그때는 스테로이드를 2년가량 최대치로 복용하고 있었기 때문에 얼굴과 몸은 퉁퉁 붓고 살이 쪄 있었다. 원래 나가던 몸무게에서 10킬로그램이 더해진 상태였다. 맞는 옷이 하나 없어 계절마다 새로운 옷을 사댔다.

바다가 보이는 2층 발코니에서 야외수업을 하는 날이었다. 전 수업 선생님과 떠들다 부랴부랴 장소에 도착했다. 의자는 단 하나만 남아 있었다. 오랜 시간 사람들의 무게를 버텨온 듯, 이제는 나무보다는 지푸라기로 만들어졌다는 말이 더 어울리는 의자였다. 나는 마치 타인이 된 것처럼 달라진 몸을 낯설게 바라봤다. 저기에 앉아도 될까? 자신이 없었다. 망설임을 눈치챈 매튜는 나를 손가락으로 가리키며 말했다.

"거기 앉지 그래? 하긴, 네가 앉으면 의자 부러질 수도 있겠다."

조롱 섞인 그의 말에 이를 꽉 깨물었다. 이미 의자는 일부 틀어져 있었다. 누가 앉아도 부러질 것 같은 의자였기 때문에 내게 그런 일이 일어나더라도 상관없을 것 같았다. 꼭 나 때문이 아닐 거니까 덜 창피할 것 같았다. 그러나 철퍼덕 넘어져 의자와 함께 나뒹구는 순간 내게 쏟아지는 시선들과 웃음 소리는 그게 아니라고 말해주었다. 다른 애가 겪었으면 누군가 손을 내밀고 괜찮아? 하고 말 일이었을지도 모를 텐데. 나는 홀로 흙먼지를 툴툴 털며 일어났다. 매튜를 잠깐 쏘아보았다. 그는 양 손바닥을 하늘 위로 으쓱하며 "내가 뭐?"라고 입 모양으로 말했다.

한국으로 돌아오기 전까지 사람들은 나무 의자만 보면 나를 놀려댔다. 매튜의 눈짓에는 비아냥이 느껴졌다. 다른 사람들은 장난을 걸어오는 정도였지만 그는 악의를 담았다. 내가 살이 쪘다는 이유만으로 나를 그렇게 대해도 된다고 생각하는 것 같았다. 나는 이미 거울 속 내 모습을 싫어하고 있었기에, 그의 노골적인 언사는 나를 더 작아지게 했다.

말을 선물이라고 생각하고, 듣고 싶지 않은 말은 받고 싶지 않은 선물처럼 돌려주면 된다고 했던가. 그런 좋은 말은 실전에서 잘 먹히지 않았다. 나와 열 살은 더 차이가 나는 그에게 "하지 마세요"라는 말조차 꺼내기 어려웠다. 그의 모욕은 마음속 깊숙이 박혀 있다가 그가 없을 때도 고개를 쳐들었다. 나도 달라진 내 몸을 이미 잘 알고 있었다. 갑자기 커져버린 몸을 받아들이는 것만도 스무 살의 내게는 벅찬 일인데, 그의 말은 나를 더욱 옥죄었다. 거울 속 내가 점점 미워졌다.

더는 외모에 연연하지 말자고, 그때그때 생긴 대로 살자고 다짐했다. 하지만 사람들의 태도가 나를 줄곧 흔들었고 결국 다짐은 얼마 가지 못했다. 옷을 사러 가면 종종 "그게 맞겠어요?"라거나 "우리 집엔 아가씨 사이즈 없어요"라는 말을 들었다. 얼굴과 목, 팔뚝에 더 살이 붙는 문페이스 때문에, 몸집이 더 커 보이기도 했다. 나는 마지못해 집었던 옷을 내려놓고, 더 큰 옷을 받아들고 탈의실로 들어갔다.

과거의 모습과 비교하며 나도 나를 다르게 대했다. 얼굴이 붓든 말든, 몸이 커지든 말든 내가 나를 아껴줄 수 있었다면 좋았을 텐데. 어린 나는 늘어난 몸무게의 몇 배만큼이나 내가 버거웠다. 나를 숨기기 위해 항상 마스크를 하고 펑퍼짐한 옷을 입었다. 번화가라도 가는 날에는 어쩐지 어깨를 말고 고개를 숙이게 되었다. 사람들이 나를 보고 수군거릴 것만 같았다. 아무리 덧발라도 어울리지 않을 거라며 화장도 하지 않았다. 거울을 마주칠 때마다 눈을 돌렸다. 친구들을 만나지 않았다. 거울에 비친 내 모습을 보며 사람들이 던진 말들을 또 다시 던졌다. 살이 찐 건 아프기 때문이라는 걸 나만큼은 누구보다도 잘 알면서도 스스로에게 가혹했다. 너는 내가 아니라고, 이런 얼굴이 아니어야 한다고, 제발 얼른 사라져 달라고 거울 속 내게 말했다.

지금은 잠시 끊었지만, 루푸스가 재발하면 언제든지 스테로이드를 다시 먹게 될 것이다. 여태까지 먹은 스테로이드만 해도 2만 알이 넘어서, 이제는 소량을 잠시만 먹어도 금세 달덩이 얼굴이 된다. 몇 번의 변신 같은 변화를 겪고 나서도 아직 변하는 얼굴에 초연한 마음이 되지 못했다. 외모에 묶인 내 마음이 어쩌면 매튜의 말을 되풀이하고 있는지도 모른다. 나를 울리고 욕했던 건, 매튜가 아니라 나일지도. 거울 속의 나를 헐뜯고 미워하던 게 나였던 것처럼.

여전히 나는 그 부러질 것 같은 의자에 앉아 있다. 지금 앉아 있는 곳은 안전한 건지, 앞으로도 계속 그럴지 알 수 없어 초조해하면서.

## 대충
## 살 수 없는 나

"어휴, 얘는 스님이 돼서도 머리 싸매고 열심히 할 애야. 어쩔 수 없어!"

"예? 스님이 돼서도요?"

"그래! 사주에 불이 세 개나 있어. 나무가 없는데 불만 새빠지게 지피느라 개고생을 하는 애구먼."

엄마는 역술인 성대모사를 해가며 사주 보러 다녀온 이야기를 들려주었다. 사주에도 네가 몸을 갈아 넣어서 열심히 사는 게 나와 있다는 둥, 심지어는 몸이 자꾸 아프니 속세를 떠나면 어떻겠느냐고까지 물었다고 했다. 고개를 절레절레 저으면서도 흥미로울 수밖에 없는 이야기에 귀를 기울였다. 어떤 부분에서는 "그래, 맞는 것 같기도 하네"라고 맞장구를 치고, 어떤 부분에서는 "그건 아니지!"라고 부인하기도 했다.

내 운명에 이미 열심히 살 거란 게 쓰여 있는 걸까? 나는 자타공인, 몸을 갈아 넣어서 120퍼센트로 사는 종류의 인간이다. 시험이나 발표 같은 큰 성적이 걸린 일을 앞두고는 헛구역질과 배앓이를 하면서까지 준비했다. 실력 발휘의 시간은 점점 다가오는데 만족할 만큼 준비가 되어 있지 않으면 어디론가 도망치고 싶었다. 그럴 때마다 아빠와 엄마에게 버거움을 토로했다. 축축 처지는 낮은 비음을 섞어 말하면 성우와 선희는 각자 다른 형태로 답했다. 성우는 이렇게 말한다.

"마음을 비우고 지금 네 수준을 보여준다고 생각해. 항상 잘할 수는 없잖아."

그러면 나는 아직 보여줄 수 있는 수준이 아니라니까? 하며 역정을 냈다. 선희는 옆에서 큰 목소리로 우리의 말을 덮었다.

"못하니까 학교에 배우러 다니는 거지, 잘하면 학교를 왜 다니겠냐!"

그럼 나는 아무도 내 마음을 모른다고 중얼거리며 드러누워버렸다.

서울대에서의 모든 평가는 나를 징징이로 만들었다. 공부 좀 잘한다는 친구들이 전국에서 다 모여 있었다. 도에서 일등을 했다는 애, 수능을 한 개 틀렸다는 애…. 그런 친구들 덕에 교양 과목 시험은 '관악 암기 대회'라고 불릴 정도로 극악 난이도를 자랑했다. 변별력을 위해서인지 아주 작은 부분에서조차 시험 문제가 나왔다. 나도 다른 친구들처럼 잘 해내고 싶었는데, 시간과 체력은 언제나 부족했고 스테로이드로 인해 기억력은 점점 약해졌다. 이 몸으로는 열심히 해도 늘 부족한 것만 같은 생각이 들었다. 시험 때가 다가오면 두통과 배앓이를 달고 살았고, 아무것도 먹지 못하는 날들도 있었다. 서울대에 와서 하고 싶었던 게 고작 시험 공부였는지 헷갈렸지만, 눈앞의 공부라도 열심히 해야 안심이 되었다. 불안정한 내 몸이 먼 미래를 바라볼 수 없게 만들었기 때문이다.

"야, 스물여섯 축하한다! 너도 이제 곧 이십 대 후반이네."

매년 나이를 짚어주는, 빠른년생인 친구 선정이 카톡을 보내왔다. 계속 그럴 거면 언니라고 부르라고 진심 반 농담 반으로 답했다. 그러다 결국 서운함을 토해냈다. 몸이 아파 쉬기만 하며 나이 먹는 기분을 아느냐고. 모두 제자리를 찾아가는 듯 보이는데, 항상 아픈 채 여기에 머물러 있는 그 기분을. 고립되어 멀어지는 섬 같았다. 선정은 바로 사과를 해왔다.

"너한테는 미래가 더 불확실하게 느껴지겠지. 하물며 온 힘을 다해 노력조차 해볼 수 없는 컨디션이니까, 내가 느끼는 상실감이나 허무함에는 비교할 수도 없을 거라고 생각해. 너를 이해해."

잦은 병치레에 학교를 휴학하고 안절부절못하며 시간을 흘려보냈다. 아픈 건 누가 스펙으로 쳐주지도 않는데. 언젠가 내가 취직할 수 있는 날이 온다면, 면접에서 반드시 이런 질문을 받을 것이다.

"학부는 왜 이렇게 오래 다니셨고, 휴학 기간에는 대체 뭘 하셨나요?"

그러면 꾸며진 대답을 우물쭈물 늘어놓아야 할지도 모른다. 자본주의 세상은 아픈 사람을 반기지 않으니까. 그렇다고 이 상황을 타개하고자 무엇을 할 수 있는 것도 아니다.

몸이 아픈 후로는 늘 달려가는 친구들의 뒷모습만 바라봐야 했다. 출발점이 다른 경주를 하는 게 아니라, 그 경주에서 이미 10년 전에 낙오되었다. 오랜 시간이 흘렀는데도 그 경기장을 떠나지 못하고 있다. 지금껏 같이 달려왔던 친구들이 나를 뒤로한 채 땀 흘리며 달리는 모습을 벤치에 앉아 바라만 보고 있다. 나도 때론 협업하고 때론 질투하며 함께 달리고 싶은데. 앞으로도 경기장 구석에서 혼자만의 경주를 하게 될 것이다.

주변 사람들은 항상 내게 대충 살라고 말한다. 조금은 힘을 빼도 괜찮다고, 내 체력의 80퍼센트만 하고 살아도 충분하다고. 하지만 내 안 어딘가, 목표가 생기면 온 힘을 다해 전력 질주하는 습성이 살아 있다. 새내기 때 친구들과 매일같이 나누던 이야기는 "오늘도 대충 살자, 포기하면 편하다"였다. 하지만 우리 중 누구도 대충 살지 못했다.

몸이 나를 멈추게 했다. 아픈 몸은 나의 열정과 성실함을 앗아갔다. 당장 내일의 컨디션을 담보할 수 없는 내가 자주 싫었다. 모든 걸 촘촘하게 계획하며 살아왔는데, 그 계획에 아플 수 있다는 변수는 없었다. 병에 걸린 후에는 어떻게 살아야 하는지 알 수 없었다. 체력 때문에 원하는 만큼 해내지 못하는 슬픔과 아쉬움은 언제나 뒤따랐고, 그건 오롯이 혼자 감당해야 하는 것이었다. 너무 건강한 이십 대의 친구들은 나를 이해하기 어려워했다.

오늘 해야 할 목표량을 반절도 채우지 못했는데 중력이 온

몸을 바닥으로 끌어당기는 피로가 몰려올 때는 어떻게든 집에 돌아와야 했다. 뇌에 산소가 공급되지 않는 것처럼 흐리멍덩해져서 펜을 더 잡고 있는 건 의미가 없다는 걸, 병과 함께 살아가는 동안 배우게 되었다.

아파서 최선을 다하지 못했는데도 낮은 점수를 받는 것은 여전히 억울하고 서럽다. 그래도 한수희 작가가《무리하지 않는 선에서》말하듯이, "나 자신을 파괴하면서까지 애쓸 일은 없"으니까. 완벽 아니면 포기를 외치는 내게 열심히 할 수 없는 것은 몹시 비통한 일이지만, 나를 잃지 않기 위해서 오늘도 대충 살자 다짐한다.

## 오 해 와
## 고 백 사 이

때로 얼굴이 붓고 만성 피로에 시달릴 뿐, 평소 루푸스는 겉으로 티가 나지 않는다. 아픔이 나를 자주 외롭게 해서, 언제나 이해와 공감을 바랐다. 그러면서도 아프다는 사실을 쉽게 말할 수는 없었다. 내가 곧 루푸스이고 싶지 않았기 때문이다. 사랑하는 것과 잘하는 것, 제일 즐거운 순간 등 많은 반짝임으로 이루어진 나를 병의 이름으로 납작하게 정의하고 싶지는 않았다.

가까운 친구들에게만 겨우 루푸스라는 병명을 꺼낼 수 있었다. 다른 사람들에게는 신장이 약해서 자주 붓고 피로하다고만 말해두었다. 낯선 병명은 쉽게 기억되는 탓에 잘 따라붙는다는 걸 알기 때문에, 나의 불행을 꼭꼭 감춰두고 싶었다. 아무런 설명 없이 혼자 끙끙 앓고 있다 보면 뒤에서 들려오는 말들이 있었다. 게으르다, 뺀질거린다, 하고 싶은 것만 한다, 책임감이 없다 등등. 병을 숨기고 싶은 내가 치러야 할 몫이라고 생각해서 어떤 대꾸도 할 수 없었다.

오해의 역사는 길다. 휴학과 늦은 전과 때문에 주로 혼자 지내던 대학교 3학년, 전공 수업에서 은영과 혜진을 만났다. 신입생 때 알게 된 두 사람이 몹시 반가웠다. 은영과는 오랜 시간 비슷한 관심사를 주고받으며 친해진 사이였다. 살가운 그는 내 병에 대해 알고 있었기에, 자주 안부를 물어주었다. 혜진은 내내 고시를 준비해서 1학년 이후로 거의 본 적이 없었다. 어색한 단둘이 아니라 다행이었다. 어쩌면 셋이서 다 같이 친해질 기회인 것 같았다.

함께 듣는 수업은 두꺼운 교과서보다 교수님의 강의가 더 중요했다. 나는 병원 진료와 아픈 몸 때문에 수업에 자주 빠졌고, 그럴 때마다 언니들은 필기 파일을 보내주곤 했다. 다정한 걱정과 새콤달콤 같은 작은 간식을 나눠 먹으며 우리는 점점 가까워졌다. 각자의 사정이 있을 때마다 수업 필기를 공유할 수 있는, 고맙고 든든한 사이라 믿었다.

개강한 지 3개월쯤 지난 외래 진료 날이었다. 전날 밤 언니들에게 카톡을 보냈다. 병원 진료로 인해 결석하게 됐다고, 필기 공유를 부탁한다고. 그러나 병원에서 열어본 채팅창에는 누군가 읽지 않았다는 표시, 1만이 남아 있었다. 답장은 없었다. 바쁜가 보지, 하고 넘기기엔 언니들은 매번 잘 다녀오라는 말과 함께 귀여운 이모티콘을 보내주곤 했었다. 어쩐지 나쁜 예감이 들었다. 그리고 다음 수업이 있을 때까지 1은 사라지지 않았다.

다음 주, 언니들은 수업에 이미 와 있었다. 내가 강의실로 들어서자 그들은 귓속말하며 내 쪽에서 시선을 뗐다. 지워지지 않은 카톡 옆 숫자 1이 떠오르며 심장이 빠르게 뛰었다. 옆자리에 가서 앉아 인사를 건넸지만 아무 답이 돌아오지 않았다. 당황스러운 마음에 언니들만 곁눈질하다가 수업이 끝나버렸다. 두 사람은 내가 모를 얘기들을 몰래 속삭이며 웃었다. "저 먼저 가볼게요"라고 말하려고 입을 뗐다가 점점 작아지는 목소리만 강의실에 남겨둔 채 서둘러 집으로 돌아왔다.

내 잘못인 것 같은 행동들을 되짚어봤다. 그즈음 나는 관해기•에 접어들고 있었다. 얼굴 부기도 몰라보게 빠져서 누가 봐도 아픈 사람 같지 않았다. 요즘 건강해 보인다는 은영의 말에, 약을 많이 줄여 컨디션이 좋다고 답하기도 했다. 하지만 동시에, 오랜만에 찾아온 관해기를 오래 누리고 싶어 몸을 사렸다. 조금만 몸이 힘들어도 수업을 빠졌다. 어쩌면 언니들이 있었기에 가능한 일이었다. 멀쩡해 보이면서도 아프다며 수업에 자주 빠지는 나를 언니들은 못마땅하게 생각했을 것이다. 나라도 그럴 것 같았다. 루푸스니 관해기니 아무런 말도 전해놓지 않고 이해를 바라는 건 이기적인 마음일지도 몰랐다.

다음 날에는 은영과 둘이서만 듣는 수업이 있었다. 친한 은영이라면 오해를 풀 수 있을 것도 같았다. 그는 아무 일도 없었던 것처럼 해맑게 인사하며 강의실에 들어와 옆에 앉았다. 하룻밤 사이에 오해가 풀린 걸까, 잠시 기분이 나빴던 걸지도 몰라, 생각하며 안심한 나는 쉬는 시간에 은영에게 물었다.

"언니, 혹시 제가 지난 수업에 못 간 게… 기분 나빴어요?"

• 완화. 증상 및 징후가 감소하거나 사라진 상태. 루푸스에는 완치의 개념이 없고, 잠깐 완화된 관해의 개념만 있다. 부분 관해와 완전 관해가 있다.

그러자 그걸 물을 줄 몰랐다는 듯 입술을 움찔거리더니 시선을 내 눈에서 자신의 노트북으로 옮겼다.

"아니, 나는 괜찮은데… 혜진이가 좀 싫어하더라고…"

그는 끝내 눈을 마주치지 않았다. 갑자기 수업은 시작되었고 다시는 그 얘기를 할 수 없었다.

며칠 후 다시 셋이서 듣는 수업 시간이 돌아왔고, 지난 수업과 같은 분위기가 연출됐다. 누구도 내 쪽으로 고개를 돌리지 않았고 둘이서만 슬쩍슬쩍 말을 주고받았다. 수업이 끝나고서도 잘 가란 말도, 이따 보자는 말도 하지 않았다. 내가 그 공간에 없는 것같이 느껴져서 차마 입을 뗄 수 없었다.

이어지는 혜진과 둘이 듣는 수업에서도 아무렇지 않게 인사를 하고, 서로 모르는 부분을 쉬는 시간에 알려주며 수업이 끝났다. 애써 아무렇지 않은 척했지만 마음은 점점 문드러졌다.

수업을 마친 후 집에 가면서 은영과 혜진에 대한 생각을 계속 굴려보았다. 둘이 있을 때는 잘해주고 셋이 있을 때는 아는 체도 하지 않는 마음에 대해 생각했다.

"마음에 걸리는 부분이 있으면 말을 해주면 좋을 텐데."

생각이 너무 커져서 입 밖으로까지 튀어나왔다. 괜히 길바닥에 굴러다니는 돌을 발로 툭 찼다.

집에 돌아와 무엇을 해도 오늘 수업 시간에 있었던 일들이 머리를 떠나지 않았다. 꾸역꾸역 과제를 해보려 했지만 결국 눈물이 터졌다. 계속 오해의 굴레 속에 있을 수는 없었다. 남아 있는 한 달이란 시간이 참 길게 느껴졌다. 결국 끝내 하고 싶지 않았던, 병에 대한 고백과 사과를 혜진에게 건넸다.

"언니, 저는 사실 루푸스 신염이 있어요. 그래서 자주 병원 진료를 받는 것이고요. 언니들이 불편했다면 필기 보내주지 않았어도 괜찮아요. 꾀병을 부리거나 한 건 아닌데, 오해 없으셨으면 좋겠어요."

얼마 지나지 않아 혜진은 솔직한 마음과 사과를 전해왔다.

"그랬구나, 우리가 자꾸 대신해주니까 네가 수업을 우선순위에 두지 않는다고 생각했어. 선배로서 그러면 안 되는데 철없이 굴었던 것 같아. 미안해, 희우야."

혜진의 솔직한 답에 속상함과 억울함이 녹아내렸다. 곧이어 은영에게도 다시 한번 병을 고백했다. 그는 내가 건강해졌다고 말하기에 그런 줄만 알았다며 알아주지 못해 미안하다고 했다. 당사자인 나조차 가늠되지 않는 컨디션에 대해, 은영의 상상력이 부족한 것은 당연했다. 오늘 오후에 갑자기 아플 수도 있는, 나도 예상할 수 없는 몸을 가졌으니까.

다음 주에도 우리는 다시 아무 일도 없었던 것처럼 수업을 들었다. 다만 그 후로 혼자 수업을 듣는 것처럼 누구에게도 의지하지 않았다. 아파도 꾸역꾸역 수업에 갔고, 못 가더라도 먼저 수업 필기를 부탁하지 않았다.

오해는 반복되었다. 말하지 않아도 사정이 있을 거라고 생각해주면 좋으련만. 이십 대 초반의 친구들은 자주 아픈 나를 이해할 수 없었다. 또 다른 오해를 샀던 날 카톡을 보다가 엉엉 울었다. "내가 뭘 그렇게 잘못했어, 몸이 아픈 게 뭐가 그렇게 죄야!"라고 소리쳤다. 울음소리에 놀란 엄마 아빠는 빠르게 내 방으로 들어왔다. 미더운 이들을 보자 서러운 울음이 넘치도록 흘렀다. 엄마는 옆에 앉아 훌쩍훌쩍, 눈물 머금은 사정을 듣더니 슬며시 말했다.

"모두 널 이해할 순 없어. 앞으로도 계속 이런 일은 일어날 거야, 희우야."

나는 너무 울어서 코끝이 찌릿한 채로 선희를 올려다보았다. 앞으로도 계속이라니, 절망적이었다. 선희는 덧붙였다.

"네가 말하기 싫으면 안고 가야 해. 그 마음 이해하지만 어쩔 수 없어. 오해를 사기 싫으면 말해야 해. 말하지 않으면 아무도 몰라."

여전히 아픈 사람으로 낙인 찍히고 싶지 않았지만, 인정할 수밖에 없었다. 고백 없이는 이해도 없다는 걸.

나는 무수한 오해들로부터, 내 병과 함께 살아가는 방법을 조금씩 배우고 있다. 하나의 공동체가 된 사람들에게는 병을 고백해야 한다는 것, 그리고 몸이 괜찮은 순간에도 우선순위를 가려 행동해야 한다는 것을.

병을 고백하는 것은 여전히 어렵고 괴롭다. 머리로 안다고 마음이 괜찮은 것은 아닌가 보다. 이전처럼 말없이 숨어버린다면 관계가 틀어질 것을 알기에, 이제는 아픔을 말하는 연습을 하고 있다. 질병에는 영 익숙해지지 않는다. 내 고백에 대한 답이 연속된 질문으로 돌아오면 더더욱 힘들다. 말하고 싶은 만큼만 말할 수는 없는 걸까? 여전히 오해와 고백 사이를 넘나든다.

처음 만나는 사람에게는 언제 말해야 할지, 누구에게는 말해도 괜찮고 누구에게는 그렇지 않을지, 나의 고백이 그럴듯한 변명으로 들리지는 않을지. 만남을 시작하기도 전에 혼자 예상 시나리오를 짜며 나를 축낸다. 관계는 시작도 전에 사그라든다. 나의 병은 나의 관계까지 옭아맨다.

오해 없이 모든 게 자연스러웠으면 좋겠다.

## 반짝이던
## 여름날의 나

"모두에게 빛나는 관해기가 함께하시길!"

자가면역질환 환우 카페에서 자주 볼 수 있는 인사말이다. 사람들은 스스로에 대한 다짐이자 동지에게 건네는 행운의 주문으로 이 말을 사용한다. 내 병은 평생 관리해야 하는 만성질환이지만, 적절한 치료로 염증이 잘 조절되면 마치 완치된 것 같은 시기가 온다. 이 안정적인 상태를 관해기라고 부르는데, 루푸스 환자라면 누구나 얼른 도달하고 싶은 지향점이다. 물론 나도 마찬가지였다.

대학 입학 후에는 겨울이면 약을 줄이고, 여름이면 약을 늘렸다. 햇빛 알레르기를 높은 확률로 동반하는 루푸스 덕분에, 여름의 햇볕 아래 나약하게 녹아내렸다. 책임을 따지자면, 물론 태양을 피하지 않고 병의 눈치만 살살 보며 몸을 혹사한 내 탓이 가장 클 것이다. 스테로이드의 굴레 속에 살던 나는 여름에 땀보다 눈물을 더 많이 흘렸다. 겨우 나아지고 있던 체력을 다시 손바닥 위의 약 쪼가리에 넘겨줘야 한다니. 내가 절망하든 말든 여름은 어김없이 돌아왔다.

약을 세 번째 늘리던 어느 여름, 돌파구가 필요해 한의원을 찾아갔다. 그곳에서 몸의 소리를 듣는 방법을 배웠다. 올바른 식습관을 배우고, 잘 쉴 수 있도록 마음의 안정을 찾는 연습을 하며 조금씩 루푸스와 나의 미래에 대한 집착을 내려놓았다. 몸을 주의 깊게 살피면서도 병 때문에 스트레스를 받지 않아야 하는 딜레마를 끊어내는 방법은 그저 툭 놓는 것이었다. 간절하기에 내려놓는 게 가장 어렵지만, 무엇보다 몸에 집중하며 나만의 평온을 찾아갔다.

약을 늘리지 않고 두 번의 여름을 무사히 지나게 되었을 때, 드디어 스테로이드를 끊게 됐다. 그리고 관해기라는 꿈같은 시기가 찾아왔다. 스테로이드 없이 원래의 얼굴로 튼튼한 몸과 마음을 누릴 수 있던 시기를 드디어 만난 것이다. 몇 년을 부은 얼굴로 생활해서인지 원래 얼굴이 더 낯설게 느껴졌다. 어떤 얼굴에 '원래'라는 수식어를 붙여도 좋을지 헷갈렸다. 열여덟에 마지막으로 보았던 낯선 모습을 하고 유럽으로 떠났다. 동경했던 교환학생 생활을 관해기 덕분에 시작할 수 있었다.

교환학생의 목적은 단 두 가지였다. 끊이지 않는 유럽 여행과 해외에서 살아보기. 여름방학이면 친구들은 한 달씩 유럽 여행을 떠났지만, 나는 체력 때문에 생각해본 적도 없었다. 건강한 애들도 3주 차가 되면 낯빛이 어두워진다는 '대장정'을 떠날 자신이 없었다. 아예 유럽에 머문다면 체력이 허락하는 때에 여행을 떠났다가도 언제든 기숙사로 돌아와 가까운 곳에서 쉴 수 있을 것 같았다.

관해기가 선물한 튼튼한 몸과 마음으로 신나게 여행을 다녔다. 교환학생으로 있던 7개월 중 3분의 1은 다른 나라에 가 있었다. 감사하게도 덴마크 학교의 수업들은 출석 체크를 거의 하지 않았다. 처음엔 눈치를 봤지만, 점점 거리낌 없이 수업을 빠졌다. 우리 학교는 교환학생 과정에서 수강한 수업을 '이수*pass*'로만 인정해주기 때문에 성적에 연연할 필요도 없었다. 수업 중에도 교수님의 눈을 피해 비행기 표를 물색했다. 라이언 에어나 이지젯 같은 유럽 저가 항공을 이용하면 왕복 6만 원에도 벨기에를 다녀올 수 있었다. 나는 값싼 비행기 표와 게스트하우스를 찾는 여행의 달인이 되어갔다.

피곤함은 모른 채 매일 셀카봉을 들고 씩씩하게 걸었다. 부다페스트의 야경, 런던의 템스강 거리, 세비야와 그라나다와 프리힐리아나의 수많은 언덕, 네덜란드의 튤립 축제 등 랜드마크와 작은 도시들을 참 많이도 걸었다. 튼 살은 신경 쓰지도 않은 채 자유롭게 민소매를 입고, 나의 두 다리에 의존해 이곳저곳을 쏘다녔다. 벨기에, 스페인, 런던, 체코, 프랑스, 네덜란드, 이탈리아, 독일, 폴란드의 도시들을 다니며 모든 걱정을 잊었다. 루푸스와 학점과 아픈 몸과 미래의 경제 활동 같은 것들은 홀랑 잊고 아름다운 풍경에 모든 걸 맡겼다.

기숙사가 자리한 덴마크는 북유럽, 짧은 여름을 제외하고는 흐리고 햇빛이 들지 않는 곳이었다. 그런 날씨에 지친 나는 따뜻한 도시를 찾아 헤맸다. 그래서인지 3월 말에 들렀던 스페인의 세비야가 제일 기억에 남는다. 거리마다 오렌지 나무가 심겨 있어서 주홍빛으로 기억되는, 따뜻한 도시였다. 광장에는 관광객을 실은 마차가 달그락거리며 지나다니고, 길가에는 아이들이 깔깔대며 비눗방울을 크게 불고 놀았다. 무채색에만 둘러싸여 있다가 색색의 옷을 입은 하늘과 건물들 사이에 섰을 때, 내 안에서 또 다른 생명이 피어나는 것만 같았다. 온 세상이 나의 건강한 젊음을 환영하고 있었다.

유럽의 멋진 도시와 관광지에서 찍은 사진들로 프로필 사진을 자주 바꿨다. 스테로이드를 먹지 않는 내 얼굴이 무척 마음에 들었다. 유럽의 풍경과 함께한 사진들을 SNS에 올렸고 하트도 많이 받았다. 부은 얼굴로는 거울도, 카메라도 가까이하지 않던 나와는 다른 모습이었다.

"누나 요즘 행복해 보여요."

한창 여행을 하던 중, 고등학교 후배인 계원에게 메시지를 받았다. 편안한 성격의 그 애는 언제나 나의 열정을 염려했다. 대학에 가서도 열심히 사는 사람은 누나밖에 없을 거라며, 할머니가 되기 전 무릎이 멀쩡할 때 신나게 놀아야 한다고 말했다. 그 애에게도 유럽의 내가 꽤 좋아 보였던 것 같다.

나도 스테로이드 없는 내가 아주 마음에 들었다. 퉁퉁 붓지 않은 얼굴, 이전보다 확연히 늘어난 체력, 매일 챙기며 살아온 약봉지가 사라진 것. 한국에 있었으면 여름이 다가오면서 또 약을 늘렸을지도 몰랐다. 언제나 걱정 주머니들을 달고 살았으니 스트레스에 취약한 루푸스는 기필코 다시 일어섰을 것이다. 덴마크에서 걱정거리라곤 다음 식사엔 또 뭘 먹지, 하는 것뿐이었다. 여행지에서는 그것조차 없었다.

한국에서는 언제나 중간고사만 끝나면, 과 배정만 끝나면, 텝스 시험만 끝나면, 전과만 끝나면 등의 이유로 치열과 최선의 기한을 늘려가야 했다. 유럽에서는 단 7개월. 그 이상의 미래는 없었기 때문에 나는 오롯이 현재를 살 수 있었다.

루푸스가 늘 이렇게 잠만 자면 좋겠다고 생각했다. 대체 언제 아팠나 싶을 정도로 루푸스의 존재를 느낄 수 없었다. 우울증도 비슷하다고 들었다. 우울 삽화가 지나고 나면 언제 우울했는지 기억이 나지 않고, 우울 삽화에 들어서면 언제 괜찮았는지 기억나지 않는다고 했다. 루푸스가 활동하면 영영 나을 수 없을 것만 같았는데, 덴마크에서는 아픈 시간이 있었던 것조차 생각나지 않았다.

잠깐의 관해기가 준 선물 같은 시간 덕분에 반짝이는 내 모습이 많이 남아 있다. 아쉽게도 금방 바랠 빛이었지만.

## 일어나지 않을 일은 아무것도 없어

"세상에 너랑 나한테 일어나지 않을 일은 없어."

드라마 〈고백부부〉에 나오는 대사를 종종 떠올린다. 사람은 나쁜 일이 자신에게는 일어나지 않을 거라고 믿는 경향이 있다. 나 또한 지금 내 모습을 단 한 번도 상상해본 적 없었다. 미래 계획에서 건강은 당연한 전제조건이었다. 내가 꿈꾸던 이십 대 후반은 직장에서 인정을 받고 빨간색 SUV를 타는 멋진 여성이었는데, 지금 나는 백수인 데다 5년째 장롱면허다.

고통의 서막은 2017년 여름 시작되었다. 유럽에서 즐거운 교환학생 생활을 마치고 온 후 되살아난 체력을 만끽하며 미래를 계획했다. 언제 아팠냐는 듯 남은 전공 수업을 몰아 듣고, 로스쿨 입학시험 준비를 위해 스터디 모임과 학원을 강행하며 지냈다. 생각보다 모의고사 점수가 높게 나오자 더 조급해졌다. 조금만 더 하면 올해 시험에서 SKY 로스쿨에 갈 수 있을 것 같았다. 아침부터 빼곡히 짜인 일정들이 종종 나를 숨 막히게 했지만, 그땐 해내고 말겠다는 의지가 더 강했다.

아니나 다를까. 시험 두 달 전에 스테로이드 증량을 선고받았다. 겨우 끊은 약을 다시 먹기 시작하면 체력이 떨어질 게 분명했다. 아무래도 요즘 무리한 것 같다며 한 달 정도 지켜보자고 의사 선생님을 졸랐다. 그러나 한 달 후에도 결과는 같았다. 나는 울먹이며 의무기록 사본을 떼어 한의원으로 향했다. 인자한 인상의 한의원 원장님은 검사 결과를 차근차근 살펴보며 아직은 괜찮다고, 컨디션 관리를 잘하며 지켜보자고 말했다. 그의 말에 기대어 병원 약을 먹지 않았다. 당장 미미하게 오른 수치보다 눈앞에 보이는 듯한 찬란한 미래가 너무 매력적으로 보였기 때문이다.

로스쿨 시험이 끝나고 며칠 뒤, 갑자기 머리가 무겁고 명치 부근이 저릿했다. 스트레스성 위염인가 싶어 죽과 약을 먹었지만 일주일이 지나도 구역질이 심해질 뿐이었다. 고작 김 한 장을 먹은 것뿐인데 비릿한 냄새가 코를 찔러 급한 대로 싱크대로 달려가 전부 게워냈다. 배를 움켜쥐고 눈을 감고 누워 있는데 불길한 예감이 스쳐 지나갔다. 두 달이 넘도록 약을 먹지 않았다는 사실이 떠올랐다.

위염이 심할 뿐이겠지 생각하며 버텼지만, 추석 당일 배 속이 난도질당하는 느낌을 받았다. 밤새 심해지는 고통에 식은땀을 흘리며 울다가 집 근처 병원 응급실로 달려갔다. 그곳엔 언제나 나보다 위급한 환자가 많았다. 두 시간이 넘도록 제대로 진료를 받지 못한 채 배를 움켜쥐고 눈물을 뚝뚝 흘리며 대기실 의자에 앉아 있었다. 엄마는 안절부절못하며 지나가는 의사나 간호사를 붙잡아 애가 너무 아프다고 연거푸 말했다. 진통제를 맞았지만 고통은 사그라들지 않았다. 뭔가 이상하다며 피를 뽑아간 의사들은 얼마 후 다급하게 이송 침대에 나를 눕혔다. 코앞에 있는 화장실에 가다가도 심정지로 사망할 수 있다고 겁을 주었다.

삐용삐용 소리를 내는 구급차에 묶인 채 실려 갔다. 왼손은 아빠, 오른손은 엄마의 손을 잡은 채 구급차는 원래 다니던 대학병원으로 향했다. 나는 엄마 아빠에게 "별로 안 아픈데 묶을 것까지 있나?", "차들이 다 비켜주네, 신기하다" 같은 시시껄렁한 말을 하며 웃어 보였지만 실은 등골이 서늘했다. 무언가 단단히 잘못된 게 분명했다.

애써 지은 미소는 딱 일주일짜리였다. 병원으로 옮겨져 조직검사를 하자마자 상태가 급격하게 악화됐다. 어지럽고 힘이 없어 침대에 붙어 내내 잠만 잤다. 손에 힘이 들어가지 않아 휴대폰을 쥘 수 없었고 어쩐지 목소리가 나오지 않았다. 복수가 차서 배가 부풀어 오르고, 부종에 생식기도 부어올라 피부가 쓰라렸다. 낮에는 음식 냄새만 맡아도 메스꺼워서 오심을 막아주는 주사를 맞고, 밤에는 토하고 울다 지쳐서 겨우 두세 시간을 잤다. 새로 바뀐 의사 선생님은 회진을 올 때마다 한숨을 쉬고, 당장 투석을 해야 할 수도 있다고 말했다. 겁이 났다.

신장 세포가 겨우 55퍼센트 남았다고 했다. 그마저도 병든 세포들이 있어 사구체 여과율•은 고작 23퍼센트였다. 그런 수치들은 잘 와닿지 않았지만, 온몸이 내가 아프다는 걸 알려주고 있었다. 배 속에 풍선이 든 건지, 펭귄이 된 건지 헷갈릴 정도로 배는 점점 부풀어갔다. 허리도 아프고, 앉아 있으

• 신장의 기능을 평가할 수 있는 가장 중요한 수치. 얼마나 혈액을 깨끗하게 거를 수 있느냐를 나타낸다.

면 배가 앞으로 쏠려 고역이었다. 똑바로 누우면 배가 몸을 눌러서 새우잠을 자야 했고, 장기가 눌리는지 소화가 잘 되지 않았다. 마지막 남은 긍정을 끌어모아 임신 체험을 하는 거라 생각하며 동그란 배에 태명도 붙여주었다. 첫째는 튼튼이였다. 배가 팽창해 피부가 찢어질 듯이 아프고, 숨이 잘 쉬어지지 않을 때쯤 복수 천자 시술을 했다. 옆구리에 호스를 꽂아 물을 빼내는 시술이었다. 한 번 할 때마다 2리터가량의 노란 물이 나왔고 몸무게는 2.5킬로그램 정도가 빠졌다. 내가 태어날 때 2.66킬로그램으로 태어났으니 정말 아기의 무게였다.

처음 복수 천자 시술을 하고 나서 순산 기념 빵 파티를 했다. 프레첼을 맛있게 먹고 있는데 주치의 선생님이 내게 와 "복수 또 차면 실망할 텐데…"라고 악담 같은 걱정을 건넸다. 이제 막 복수를 뺐는데 그렇게 빨리 다시 찰 리가 있나? 의아해하며 그 순간을 즐겼다. 오후가 되자 정말로 배가 다시 부풀어 올랐다. 그 후 복수를 빼내는 시술을 다섯 번 반복했다. 두 번째까지는 이름을 지어줬지만, 세 번째가 되자 화가 나서 도저히 이름을 지어줄 마음이 생기지 않았다. 언제까지 이 고통이 반복될지 알 수 없었다. 복수를 빼는 동안에도 재잘대던 나는 갈수록 말이 멎었다.

스테로이드 충격요법을 두 번 하고, 셀셉트 등의 면역억제제를 쏟아부었는데도, 수치도 컨디션도 정상 범위 안으로 돌아오지 않았다. 의사 선생님은 마지막 약까지 효과가 없다면 항암제인 싸이톡산을 써야 한다고 했다. 독한 항암제이니만큼 불임의 가능성이 있어서 산부인과에서는 나를 볼 때마다 난자 냉동을 권했다. 신장내과에서는 하루빨리 싸이톡산을 맞아야 해서 그럴 시간이 없다고 독촉했다. 심지어 의사 선생님은 이렇게 말했다.

"어차피 지금 신장 수치로는 임신 못 해요. 본인 몸부터 살려야죠."

몸의 고통을 절절히 느끼고 있던 나는 의사 선생님의 모든 말을 곱씹었다. 이건 무슨 뜻일지, 조금은 나아졌다는 건지, 그래서 투석을 진짜 한다는 건지, 항상 약간의 여지를 품은 말들을 온종일 붙잡고 씨름했다. 본인 몸부터 살려야 한다니, 이걸 안 하면 곧 죽을 수도 있다는 건가? 죽음을 걱정할 정도로 많이 아픈 건가? 아직 결혼도 안 했는데 임신을 못 한다고 굳이 말해야 하나? 커튼과 함께 마음의 문을 닫고 홀로 그런 생각들을 이어갔다. 결국 싸이톡산 치료를 시작했고 나는 길가에 버려진 강아지처럼 몸을 달달 떨면서 힘없이 누워 있었다. 베갯잇이 자주 젖었다.

그 무렵 병실 텔레비전에는 내가 좋아하는 배우가 교통사고로 사망했다는 소식이 전해졌다. 매일 보던 예능 프로에서 해맑게 웃고 있던 그가 갑자기 죽었다니 믿기지 않았다. 갑작스러운 그의 죽음은 내 존재마저 위협했다. 도처에 죽음이 널려 있는 것 같았다. 병원에서 겨우 살려놓은 내 목숨은 언제라도 쉽게 바스러질 수 있는 종잇장에 불과했다. 무슨 일이든 일어날 수 있다는 걸 알았다. 설령 그게 갑작스러운 죽음일지라도.

너덜너덜한 하루들이 한 달이 되도록 이어졌다.

# 어 떻 게 든
# 살 아 야 했 다

“모든 걸 다 포기했는데, 대체 뭘 더 포기하라는 말이에요!”

먹던 밥을 입에 문 채, 옆 침대 이모들이 놀라 쳐다보는 것에도 아랑곳하지 않고 울부짖었다.

새로 바뀐 교수님은 자주 가혹한 말을 뱉었다. 그가 말하는 최악의 경우가 기어이 내게도 찾아올까봐 두려웠다. 초점 없는 눈을 하고 그에게 물었던 적도 있었다. 그래서 곧 죽느냐고. 그는 아무 말 없이 한숨만 쉬고 자리를 떠났다. 회진만 끝나면 엉엉 우는 나를 보고 엄마는 교수에게 가서 조용히 말했다. 나이가 스물다섯이어도 아직은 아이라고, 심각한 이야기는 부디 보호자와 상의해달라고. 하지만 교수는 "어려도 환자 본인이 알 건 알아야 한다"라고 답했다. 그의 앞에서는 입술을 꼭 깨물고 눈을 부릅뜨고 눈물을 흘리지 않기 위해 애썼다. 회진이 끝날 무렵이면 내 눈은 항상 벌게져 있었다. 잔인한 교수 앞에서는 한 방울의 눈물도 흘리고 싶지 않았다.

그런 내 모습을 알아챈 주치의는 회진이 끝나자마자 부리나케 달려왔다. 울음을 삼키고 밥을 꾸역꾸역 밀어 넣고 있던 내게 괜찮냐고 물었다. 다정스러운 말 앞에 눈물이 터져 나왔다. 학교도, 로스쿨도, 앞으로의 계획도 전부 나 포기했다고. 그런데 대체 뭘 더 포기해야 하느냐고, 의사라는 사람이 환자를 왜 이렇게까지 힘들게 하느냐고 눈물을 토해냈다.

주치의는 괜한 말을 했다며, 내 등을 토닥여주고 미안하다고 했다. 약을 먹지 않고 버티다가 악화된 몸으로 입원한 환자, 갑작스레 바뀐 교수. 서로를 알아갈 시간도 없이 회의하듯 내 몸에 대한 말을 주고받았다. 그에게는 객관적인 치료 대상, 그뿐이었겠지만 나에게는 아니었다. 한없이 절실한 이야기들을 이성적인 척 받아쳐야 할 때마다 마음이 갈가리 찢어졌다.

실랑이 끝에 받게 된 싸이톡산 항암치료 후 컨디션이 급격히 나빠졌다. 가득 찬 복수, 심한 요독과 항암제 부작용이 겹쳐 하루하루가 고비였다. 요독이 심해 먹는 족족 토하던 나는 구역질에 지쳐서 곡기를 끊어버렸다. 배나 사과 서너 조각을 먹으며 하루를 버텨냈다. 입원 후 첫 일주일 동안 병원을 방방곡곡 누비며 친해진 이모와 언니들은, 소실되어가는 나를 안타까워했다. 아가가 아파서 어쩌누, 하는 다정한 말이 미약한 맥이 뛰는 귓속으로 흘러들어왔다.

"어떻게든 살아야지. 버텨내야지."

옆 침대 이모가 힘없이 누워 있는 내 손을 잡고 말했다. 지방에서 온 옆 침대 이모에게 서울 지리, 병원 길 안내 등 도움을 준 후로 이모는 매일 좋은 말을 해주었다. 기독교 방송에서 들은 좋은 말씀, 인터넷에서 본 명언 같은 것들이었다. 가족들은 혹여나 내가 더 힘들까봐 나의 절곡을 말리지 못했지만, 이모는 영양사를 졸라 누룽지를 얻어다 주었다. 나는 누룽지부터 시작해 천천히 양을 늘려가 밥을 먹을 수 있게 되었다.

싸이톡산이 효과를 발휘한 건지, 부작용이 사라질 때쯤 컨디션이 나아지기 시작했다. 밥을 먹기 시작한 후로는 복수가 차도 스스로 걸을 수 있었다. 그제야 조금 살고 싶었다. 이모의 말처럼, 어떻게든 살아야 했다. 매일 울다가는 몸이 더 망가질 것만 같아 일기를 썼다. 그때쯤 떨리는 손으로 겨우 끄적인 일기는 이렇다.

> "밥 먹기 시작한 지 3일째. 싸이톡산 치료를 하고 나니까, 일주일 동안은 정말이지 먹토잠울(먹자마자 토하고 잠들고 우는 것)뿐이었다. 여린 동생은 온종일 내 등을 두드려 주다가 마음이 만신창이가 되어 집으로 줄행랑쳤다. 다시는 오지 못하겠단다. 폰을 들면 손이 떨려서 메시지 답장도 못 하고 목소리도 안 나왔다. 그래도 지금은 조금 느려도 먹고, 직립 보행할 수 있다. 하루에 과일 반쪽만 먹다가 쌀을 먹으니까 이제야 좀 살 것 같다.
> 엑스레이 찍으러 본관 1층에 갈 때, 휠체어 없이 걸어서 다녀올 수 있어 감사한 하루였다. 오늘 처음 수혈을 받았는데 평소 헌혈해주시는 모든 분께 감사한 마음이 들었다. 덕분에 살았어요! 얼른 집에 가고 싶다."

감사한 일을 찾아다니며 버텼다. 병원 생활의 불편하고 힘든 점을 찾으려면 수만 가지가 있었지만, 언제까지 불평만 할 수는 없었다. 좋은 생각이 좋은 몸을 만든다고 믿었고, 내가 할 수 있는 건 오직 그것뿐이었다. 밥을 먹을 수 있음에 감사했고, 그다음에는 칼륨 약을 끊고, 인 조절제를 끊고, 알부민 주사를 끊고, 스테로이드 충격요법도 끝나 몸에 달린 모든 줄을 떼어냈을 때, 정말이지 감격스러웠다. 주렁주렁 매달려 있던 줄들이 하나씩 사라질 때마다 몸이 조금씩 낫고 있다는 확신이 들었다. 싸이톡산을 맞고 머리가 잔뜩 빠져도, 머릿결이 많이 상했으니 이참에 다 새로 나는 것도 괜찮은 일일 거라며, 오히려 감사한 일이라고 스스로 달랬다.

물론 때론 고비도 있었다.

"중간고사가 코앞인데 감기 걸려서 너무 힘들어요."

입원 소식을 듣고 연락해온 친한 후배의 문자였다. 내가 얼마나 힘든 시간을 보내고 있는지 알렸지만 그 애는 자신의 고달픈 이야기로 회귀했다. 나는 로스쿨 시험을 치르고도 몸이 아파 학부 졸업을 못 하는데. 덕분에 로스쿨은 지원도 못 해보게 생겼는데, 감기 이야기를 연거푸 꺼내는 그 애가 솔직히 미웠다. 함께 로스쿨을 준비해온 사이여서 더 샘이 났는지도 모른다. 가까운 관계일수록 감정적 기대가 더 커서 실망도 불어났다. 자연스레 후배의 연락을 피했고 관계를 이어갈 수 없었다.

입원한 지 꼬박 한 달이 되어서야 퇴원했다. 여전히 복수가 조금 차 있었지만, 수치가 많이 돌아왔다고 했다. 내 방으로 돌아가 조용히 잠을 잘 수 있다니 신이 나면서도 두려웠다. 집으로 돌아가다가 다시 한 달 전처럼 아파져서 죽게 되는 것은 아닐까? 난데없이 전해진 좋아하는 배우의 교통사고 사망 소식처럼 나 역시 죽음 앞에 놓일 것 같았다. 나쁜 징조가 있던 것도 아니고 늘 회의적이던 의사가 돌아가도 좋다고까지 말했는데, 어쩐지 두려웠다. 내겐 어떤 일이든 일어날 수 있다는 걸 사무치게 알아버린 탓이었다.

집으로 돌아오는 길 다행히 아무 일도 생기지 않았고, 나는 내 침대에 누워 꼬박 열세 시간을 잤다. 그동안 밀린 잠을 자고 나니 개운한 마음이 들었다. 다시는 병원에 가고 싶지 않았다.

## 더 이상
## 빛나지 않아도 괜찮아

퇴원 후 나의 세상은 적막했다. 평범한 일상이던 것들이 더는 일상이지 못했다. 병원에서 저염식만 먹었더니 외식을 전혀 할 수 없게 됐다. 맵고 짠 음식은 혀에 너무 큰 자극을 줘서 혀가 아프기까지 했다. 요리하는 과정도 험난했다. 너무 싱거우면 속이 메스껍고 이전처럼 간을 하면 혀가 아팠다. 복수가 차고 스테로이드로 다시 몸이 불어 옷장에 입을 수 있는 옷이 하나도 없었다. 남동생이나 엄마의 옷과 신발을 입고 신었다. 아예 새로 사기엔 또 언제 몸이 돌아올지 몰라 급히 몇 가지만 장만했다.

오랜 병원 생활에 약해진 몸은 모든 행동과 걸음걸이의 속도를 느리게 만들었다. 전에는 횡단보도를 건널 때면 성격이 급해 제일 앞서 걸었는데, 이제는 절뚝이며 걷느라 신호가 끝나기 전에야 겨우 건너편에 도착할 수 있었다. 다 도착할 때쯤 내 옆을 보면 지팡이를 짚은 할머니나 할아버지가 있었다. 나는 여전히 나인데도 매 순간이 낯설고 때론 두려웠다.

고요하고 느린 시간이 얼른 지나가 주기만을 바라며, 선희와 나는 작은 행복들을 찾아 나섰다. 슬픔에 묻혀 웅크리고 있다가는 하루가 슬픔에 휩쓸려버릴 것 같았다. 느려진 걸음으로나마 종종 단풍 구경을 다녔다. 퇴원했어도 싸이톡산 치료와 신장내과 외래가 격주로 있어 매주 병원에 가야 했다. 병원이 일찍 끝나는 날, 컨디션에 맞춰 통인 시장, 연남동, 삼청동, 창경궁 등을 돌아다녔다. 병원 안에 있던 한 달 동안 바뀌어버린 계절을 천천히 누렸다. 느려진 걸음이 신경 쓰일 때면 나는 꼭 미래를 살고 있는 것 같았다. 어쩌면 할머니가 되어가는 과정에서 느낄 신체 둔화들이란 이런 것이겠구나, 하는 생각에 씁쓸한 고독이 내려앉았다.

아프기 전에는 바쁘다는 핑계, 약속이 많다는 핑계로 엄마와 시간을 자주 보내지 못했다. 어느 날 문득 친구들과 자주 맛있는 걸 먹으러 다니던 연남동을, 선희와는 처음 걸었다는 것을 깨달았다. 엄마의 걸음이 더 느려지기 전에, 건강해지면 더 예쁘고 좋은 곳에 손을 잡고 다녀야겠다고 결심했다. 낯선 걸음들이 영영 놓칠 수 있었던 삶의 단면들을 들춰주는 것에 감사했다.

하지만 혼자 집에 남겨질 때는 부정적인 생각들이 맴돌았다. 한 달간 병원 생활을 하며 수천 번도 넘게 곱씹었던 생각이었다.

'나를 망친 건 나야.'

고3 때도 무리하게 공부하다 병에 걸렸으면서 같은 실수를 반복했다는 것이 가장 견디기 힘들었다. 후회해도 소용없다는 걸 알지만 멍하니 천장을 바라보고 있을 때면 염증이 도지듯 후회가 밀려왔다. 몸의 고통이 심할 때는 오히려 눈에 들어오지 않던 몸의 현실을 마주해야만 했다. 기어코 바닥을 치고 말았다는 사실을 인정하는 일은 또 다른 숙제였다.

아프기만 한 내 인생은 어떤 가치가 있는 걸까? 고민하고 또 고민해야 했다. 풍족하지 않은 집안의 아픈 딸내미는 가족의 짐인 것만 같았고, 남동생의 앞날마저 가로막는 기분이 들었다. 내가 아팠기 때문에 웅은 전역하고도 맘껏 가족의 축하를 받을 수 없었다. 심지어 거의 매일 병실에 찾아와 나를 간호했고, 지나가던 레지던트 선생님은 남동생이 있다는 사실에 눈을 반짝였다. 이대로라면 언젠가 이식을 받아야만 할 텐데, 건강한 남동생이 있어 다행이라며 몰래 말을 건네기도 했다. 다행일 리 없었다. 그런 일만은 일어나지 않길 바랐다. 이렇게 피해를 주며 살아내는 것은 무슨 의미가 있을까, 자문했다. 그럴 때마다 선희는 내 손을 잡고 말했다.

"누구에게나 장애는 있어."

그 말에 내가 빤히 바라보면 선희는 누구에게나 언젠가는 병이 온다고, 그 모양이 가난이든 불화든 질병이든 모두에게 장애가 되는 부분이 있다고. 지금이 아닐 수도 있지만, 인간이라면 누구나 생로병사를 겪는 것이라고 말해주었다. 그래도 나는 내 손톱 밑의 가시가 가장 아파서 "나만큼은 아닐 거야"라고 말하곤 고개를 떨궜다. 그런데도 슬퍼하는 내 눈을 보면 선희는 늘 같은 말을 해주었다. 어쩌면 그 말 덕에, 나만 다른 게 아니라는 엄마의 그 말 때문에 지금껏 살아낼 수 있던 걸지도 모르겠다.

언젠가 신해철이 이런 말을 했다.

"생명은 태어나는 것 자체로 목적을 다한 것이기 때문에 인생이란 보너스 게임입니다. 어떻게 살아가느냐 하는 것은 덤으로 주어진 것입니다."

몇 번이고 이 말을 곱씹었다. 나는 이미 목적을 다한 것인가, 가계에 도움이 되지 않아도, 평생 아프더라도, 살아갈 가치가 있는 걸까? 그의 말대로라면 더 이상 내 인생의 가치나 존재 이유를 찾아야 할 필요가 없었다. 그 말을 꼭 붙들고 싶었다.

이전까지는 살아 있음에 감사한 적 없었다. 건강하게 살아 있는 것은 당연하고 무엇을 얼마나 많이, 빠르게 성취하느냐가 중요했다. 성적과 성취로 내 존재 이유를 증명하고자 부단히 애쓰며 살아왔다. 조금 더 빛나는 딸, 더 반짝이는 내가 되고 싶었다. 루푸스가 일상, 계획, 미래를 발목 잡을 때마다 억울하기만 했다. 그러나 완전히 바닥을 친 후로는 분명 루푸스를 만나게 된 이유가 있을 거라는 생각을 한다. 여전히 그 이유를 이해해보려고 노력 중이다.

이제는 빛나지 않아도 괜찮다고, 그저 나인 채로 살아가도 좋다고 주문을 외운다. 나는 이미 목적을 다했고, 살아가는 일은 보너스 게임을 하듯 즐기면 그만이라고. 숱한 고통과 불안과 절망이 나를 기다리더라도, 그런 삶을 겪어내고 살아가는 일도 가치 있을 것이다. 병을 얻고 나서 나를 사랑하는 사람들과의 시간이 더 중요해졌고, 계절이 변하는 모습과 병원 밖의 삶에 감사함을 느끼게 되었다. 병과 함께하는 삶의 득과 실을 따지자면 물론 실이 더 많다. 아주아주 많다. 하지만 그럼에도 살아가야 하고, 슬픔에 쓸려 갈 수는 없으니까. 긍정의 힘을 끌어모은다.

따스해지지 않을 것만 같던 겨울이 가고 어김없이 봄이 왔다. 봄의 햇살이 손등에 닿았을 때 나는 찌릿한 울림을 느꼈다. 겨울이 가고 봄이 오듯이 몸도 시간이 지나면 나아질 것 같았다. 자연이 본디 그렇듯 몸은 느긋하게 나아지고 있었다. 산책할 수 있는 시간은 20분에서 30분, 40분으로 점점 늘었다. 용기를 내서 봄학기에 복학을 했다. 원래 같았으면 한 학기에 끝냈을 수업을 두 학기에 나눠 들었다. 무릎이 붓고 삐걱거려서 지하철 계단을 오르내리지 못했기에, 30분 더 걸리는 버스를 타고 통학해야 했지만 갈 곳이 있다는 것이 좋았다. 두 발로 걸을 수 있다는 것이, 배울 수 있다는 것이 행복했다.

그해 1년을 꼬박 아팠다. 그러나 더 이상 존재의 이유를 찾아 헤매지는 않았다. 빛나지 않아도 시간은 흘러가고 있었다.

## 인 생 을
## 유 예 할 수 는 없 으 니 까

남은 신장 55퍼센트만큼은 지키고 싶었다. 살아남기 위해서는 지켜야만 했다. 그런데 루푸스를 짊어지고도 달리며 살아온 나는 몸을 지키면서 적당히 사는 방법은 알지 못했다. 얼마 전까지만 해도 모든 걸 포기했다며 낙담했는데. 싸이톡산 치료가 효과를 보이고, 여름의 녹음처럼 생명력이 번져가자 병에 덮여 있던 내가 희미하게 드러났다.

아프기 시작한 열여덟 이후로 꿈이나 미래 계획은 늘 흐릿하게만 보였다. 루푸스와 함께 할 수 있는 일이 잘 그려지지 않았다. 나을 수 없는 이 병을 빼놓고 진로를 결정할 수도 없었다. 내가 거절한다고 해도, 평생 내게 붙어 있을 병이기에. 차라리 일관적으로 아픈 상태였다면 좀 나았을까? 약 10년간 완화와 악화를 반복했다. 건강에 가까운 상태일 때는 나의 꿈과 가능성만 바라보고 싶었고, 환자에 가까운 상태일 때는 병에만 집중하게 되었다. 어느 장단에 맞춰 계획을 짜야 하는지 어렵게만 느껴졌다.

요동치는 루푸스 수치에 웃다가 울다가를 반복하던 어느 여름, 할아버지 의사 선생님께 물었다.

"선생님, 저 이번 학기 아예 휴학하고 쉴까요? 그러면 몸이 나아질까요?"

처음 진단을 받았을 때 공부를 그만두길 권하셨기에, 당연히 휴학하라 말씀하실 줄 알았다. 그가 '휴학'이라는 선고만 내려준다면, 혹은 나는 꿈을 꾸어서는 안 되는 사람이라고 얘기만 해준다면, 모든 것을 포기할 마음으로 물었다. 아마도 절대 그러지 못했을 테지만 그때의 나는 아주 비장했다. 그러나 돌아온 답은 뜻밖이었다.

"그럼 평생 휴학하고 살 거야?"

그의 말이 맞았다. 루푸스 발병 초기에는 안정을 취해 더 큰 병이 되지 않게 하는 것이 중요했지만, 이제는 병과 함께 사는 방법을 찾아야 할 때였다. 나의 생은 병이 있든 없든 계속될 테니까, 아픈 나도 있지만 아프지 않은 때의 나도 존재하니까. 학업을 미루는 것처럼 인생을 유예하며 살 수는 없었다. 그렇기에 천천히라도, 할 수 있는 만큼이라도 조금씩 나아가며 살아가야 했다. 언제까지고 열여덟에 머물러 있을 수는 없었다.

반절의 신장만 남기고 퇴원했을 때 나는 이미 스물여섯, 대학교 졸업예정자였다. 계절이 바뀌고, 몸이 조금씩 나아지면서 어떤 다음을 만들어갈지 고민해야 했다. 젊고 아픈 사람들은 대체 어떻게 살아가는 걸까? 궁금해하며 주변을 돌아보았다. 그러다 루푸스 환우 카페에서 법대 나온 언니를 알게 됐다. 그 언니는 사법고시를 준비하던 중 루푸스가 찾아왔다고 했다. 그는 바로 시험을 때려치우고 고향으로 돌아갔다. 자기 몸에 맞는 일을 하면서 블로그에 루푸스와 함께하는 일상을 기록했다. 내가 희망과 절망을 오가며 내 몸을 잃어가는 동안, 그 언니는 몸의 속도를 받아들이고 꾸준히 건강을 회복해나갔다.

반대로 아픈 몸과 관계없이 자신의 꿈을 이어간 사람도 있었다. 로스쿨에 간 후 암이 생겼지만, 쉬며 아프며 학업을 이어갔다. 그리고 그는 졸업을 앞두고 세상을 떠났다. 그의 죽음이 페이스북에 알려지던 날, 사람들이 빼곡한 명동의 카페에서 엉엉 울었다. 그와의 인연은 SNS에서의 짧은 대화가 전부였는데도. 그의 죽음에서 내 운명의 냄새가 나는 것 같았다.

나는 두 사람처럼 모든 걸 그만둘 수도, 계속 꿈을 좇을 수도 없었다. 겁쟁이처럼 몸이 조금 나아지길 호시탐탐 기다렸다가 다시 꿈을 꾸고, 열의를 불태운 나머지 몸이 먼저 꺾여버리는 일이 반복됐다. 죽음에 맞설 용기도, 가진 걸 모두 포기할 용기도 없었다.

살고 싶었다. 그러나 아픈 나에만 갇혀서 살고 싶지는 않았다. 사람들 속에서, 아픔이 가린 '나'라는 사람을 발견하며 살고 싶었다. 아픈 몸과 나의 가능성이 양립할 수 있는 삶의 모양을 찾아 나섰다. 반절의 신장으로 살아가는 방법은 의사도, 교수도, 부모도, 친구들도 알려줄 수 없었다. 내 몸을 면밀히 파악할 수 있는 건 오직 나뿐이었고, 내가 원하는 것을 알아차릴 수 있는 것도 나 하나뿐이었다.

건강한 친구들은 취업을 준비하거나, 이미 번듯한 직장인이 되어 있었다. 나는 어디로 가야 할까? 반절의 신장만으로 갈 수 있는 곳이 있을지 알 수 없었다. 언제나 몸과 꿈 사이에서 갈팡질팡하며 중재하기 위해 애써 왔다. 마음속 꿈에게는 조금만 덜 힘든 꿈을 꿔줄 수는 없어? 라고 물었고, 몸에게는 조금만 더 힘내줄 수는 없을까? 중간에 아프면 아주 곤란해, 하며 빌었다. 이마저도 한차례 몸이 꺾인 후로 타협할 여지는 완전히 좁아졌다.

현실은 아픈 사람에게 자주 가혹하다. 로스쿨 입학을 준비하다 고꾸라진 나는, 이제는 다만 평범을 바랐다. 그게 뭔지도 모르면서. 평범한 삶에 가깝게, 친구들처럼 나를 적당히 먹여 살릴 수 있는 월급을 받고, 자주 아프더라도 입원은 덜 하는 삶을 살고 싶었다. 그러나 누구나 말하듯, 평범은 결코 쉽지 않았다. 내게는 더 멀리 있는 것이기도 했다. 어린 내가 감당하기에 너무 벅찬 병을 끌어안고, 나는 자주도 울었다.

아픈 몸을 바라보면 아무것도 할 수 없을 것만 같아서 나의 꿈과 가능성으로 눈을 돌렸다. 같은 전공을 한 친구들과 비슷한 일을 선택하고 싶었다. 몸이 아프다는 이유로 다른 모양의 삶을 살아야 한다는 것이 잘 받아들여지지 않았다. 친구들은 대체로 세 가지 선택지를 두고 진로를 결정했다. 행정고시, 로스쿨, 외교원 같은 전문직 시험, 혹은 취업, 마지막으로 대학원. 가장 먼저 제외한 선택지는 전문직 시험이었다. 로스쿨 입학을 준비하며 몸이 고꾸라진 후로 모든 시험이 두려웠다. 다시 한번 아프게 된다면 분명 신장이 모두 바스러질 것 같았다.

취업은 아픈 몸을 인지한 때부터 이미 지워진 선택지였다. 어찌어찌 합격한다고 하더라도, 주 5일 정해진 시간에 출퇴근할 자신이 없었다. 당장 오늘 오후의 컨디션도 담보가 되지 않는 나는, 내일도 성실하게 출근을 하겠다는 약속을 회사와 맺을 수 없었다.

남은 선택지는 대학원뿐이었다. 공부는 그나마 가장 혼자 할 수 있는 일이었다. 내가 아프다고 해서, 남에게 큰 피해를 주지 않을 수 있는 일. 매일의 출근을 약속하지 않아도 되는 일. 꼭 교수가 되지 않더라도, 커리어를 완전히 중단하지 않고 공부를 하고 있다면 곧 건강해질 내가 선택할 수 있는 길을 하나 더 만들어줄 수 있으리라 믿었다.

하나 남은 선택지를 들고 발을 떼려고 할 때, 문득 두려운 마음이 일었다. 새로운 시작을 하는 것이 겁났다. 다시 또 몸이 망가질까봐, 그때는 전혀 손쓸 수 없게 될까봐. 그러나 아무것도 하지 않는 나를 상상하는 것은 더 어려웠다. 억울한 마음이 콩알탄처럼 여기저기서 터졌다.

'그럼 나는 언제까지 이렇게 살아야 하는데?'

낫지 않는 병, 그리고 불확실한 몸 상태는 내게 어떤 미래도 약속해주지 않았다. 휴식의 기한이 보장되지 않았다. 지금 여기서 어떤 진로도 선택하지 않는다면, 휴식이 영영 멈춤으로 굳어질까 두려웠다. 모든 걸 그만두는 것은 너무 큰 선택이었다. 이런 선택을 아플 때의 내가 해도 괜찮은지 알 수 없었다.

인생을 유예할 수는 없어서, 건강한 때의 나를 기다리며 대학원에 갔다. 다만 전처럼 무심히 달리지 않기로 다짐했다. 예전처럼 쿵쾅거리는 심장과 흐르는 땀을 보람차하며 달릴 수는 없었다. 아픈 몸과 성장하고 싶은 나 사이 적절한 균형을 맞춰 걷기로 했다. 그래도 아픈 지금보다는, 멈춘 삶보다는 의미 있을 거라고 생각하면서.

# 투석을
# 시작하다

3장

## 나의 삶이
## 점점 좁아졌다

분명히 낫는 중이었다. 싸이톡산 치료가 잘 맞아서 신장 수치가 좋아졌다고 했다. 슬슬 미래 계획을 세워보려고 겨우 용기를 내보려던 참이었다. 그런데 다시 1년 반 전에 입원했던 그 자리에 누워 있다.

긴 입원 후 퇴원한 지 딱 1년째 되던 날, 의사 선생님은 말했다. 크레아티닌 수치가 심상치 않다고. 빠르게 나빠지고 있어서 이대로라면 1년 안에 투석이나 이식을 해야 할 것 같다고 했다. 날카로운 말이 더 뾰족하게 느껴졌던 이유는 그의 말이 항상 들어맞았기 때문이었다. 정상 범위로 들어온 신장 수치 덕분에 대학원에도 입학했는데, 미래를 꿈꾸는 내 속도 모르고 신장은 점점 나빠져만 갔다.

의사 선생님의 말은 곧 현실이 됐다. 대학원 1학기를 마치자마자 입원하게 되었다. 세 번째 조직검사를 했고 나의 신장은 이제 고작 20퍼센트만 살아 있다고 했다. 조직검사를 해 보니, 루푸스가 활성화된 것도 아니고 염증이 있는 것도 아니어서 손쓸 방법이 더는 없다며 집에 가도 좋다고 했다. 퇴원한다는 사실을 마냥 좋아할 수 없었다.

열심히 살다가 몸을 망치는 실수를 반복하지 않기 위해, 하루에도 몇 번씩 내가 환자임을 되새기며 살고 있었다. 복수가 차서 걷지도 못했던 것, 과일 서너 조각으로 하루를 연명하던 것이 고작 몇 달 전이라는 사실을 잊지 않으려 노력했다. 그런데도 결국 신장은 망가졌다. 내 탓이 아니라고 믿고 싶었지만 지난 1년을 자꾸만 돌아보게 되었다. 어떤 행동이 다시 신장을 망가트렸는지 살폈다. 누구에게든 책임을 물어야 했다. 고통스러운 현실을 마주하기 위해선 미워할 대상이 필요했다. 설령 그게 나일지라도.

루푸스 신염이 내 삶을 온통 옭아맬 때도 회복만 하면 언제든 다시 평범한 친구들처럼 살 수 있을 거라고 생각했다. 그러나 투석이나 이식은 회복 불능을 뜻했다. 이식을 해도 새 신장을 평균 20년 이상 쓰기 힘들고, 투석은 신장을 대체할 뿐이지 낫기 위한 치료는 아니었다. 둘 중 어떤 것도 쉬워 보이지 않았다. 앞으로 다가올 내 삶의 모양은 친구들과는 영영 다른 것이 될 게 분명해 보였다.

퇴원 후 어느 날, 친구와 대학로에서 연극을 보고 돌아오던 길이었다. 1호선 열차에는 사람이 많았다. 나는 외출한 지 한 시간 만에 다리가 퉁퉁 부어버렸기 때문에 서 있기가 몹시 힘들었다. 다리에 모든 피가 쏠리는 것같이 아프고 머리가 어지러웠다. 빈자리는 오직 임산부석뿐이었다. 친구는 열차 칸에 임산부가 안 계신 것 같으니 잠시 앉아 있는 게 어떠냐고 물었다. 처음에는 거절했지만 몇 분 후 당장이라도 지하철 바닥에 주저앉고 싶을 정도로 통증이 심해지자 그 자리에 앉을 수밖에 없었다. 덜컹거리는 열차 속에서 아픔을 견디고 있자니 눈물이 났다. 몸이 천근만근이어서 울음이 난 건 처음인 것 같았다. 돌이킬 수 없는 내 몸 상태가 여실히 느껴졌다.

투석이 다가올수록 내 몸을 견디기 힘들었다. 나의 삶은 점점 좁아졌다. 깨어 있는 시간, 활동할 수 있는 시간은 계속 줄어들었고 내내 멍했다. 이런 상태가 계속된다면 나는 앞으로 무엇을 할 수 있을까? 생각을 잇다 보면 하루가 훌쩍 지나갔다. 깨어 있는 몇 시간도 텔레비전 앞에만 내내 앉아 있었다. 늘 몸이 아파도 하고 싶은 일투성이였는데, 집을 나서는 게 상상되지 않을 정도로 무기력했다. 뭔가를 하고 싶은데 몸이 따라주지 않아서 속상했던 적은 많고 많았지만, 아무것도 하고 싶지 않은 나는 처음이라 몹시 낯설고 두려웠다.

"엄마, 내가 엄마보다 오래 살 수 있을까?"

컨디션이 바닥을 치던 날, 차마 선희를 쳐다보지 못하고 천장에 시선을 둔 채 말했다. 삶이 점점 소실되어가는 것 같았다. 선희는 슬퍼하는 내게 힘내지 않아도 괜찮다고 항상 말해주었지만, 그날은 입술을 깨물고 고개를 돌렸다. 글쎄… 라고 말하면서. 나는 어쩐지 더 자신이 없어지는 것 같았다. 내가 살아남아도 괜찮은 건지 알 수 없었다.

이제 겨우 죽음의 그림자에서 벗어났다고 생각했는데, 루푸스는 또다시 나를 잠식했다.

# 나는 나를 죽여왔는지도 몰라

죽음의 그림자 앞에서 나는 벌벌 떨었다. 2017년 가을, 신장이 절반만 살아 있다는 말을 들은 후로는 금방이라도 죽음이 나를 덮칠까 두려웠다. 투석이나 이식이라는 대체 요법이 있다지만, 한 장기의 소실은 생명의 위협으로 느껴졌다. 새해가 밝았다는 핑계로 사주를 보러 다녔다. 무속인들에게 조심히 그리고 간절히 꺼내놓은 질문은 단 하나였다.

"올해에 저 죽나요? 아니라면 언제 죽나요?"

정말 죽는다는 대답이 돌아오면 견디지 못할 거라는 걸 알면서도, 겁쟁이인 나는 차라리 언제 죽는지 알 수 있다면 이 번 생은 일찌감치 포기하고 다음 생을 노리리라 생각했다. 다행스럽게도 찾아간 세 곳의 모든 점집에서 삼십 대부터는 건강할 일만 남았다고 했다. 나는 그 말이 썩은 동아줄일지라도 꼭 붙잡고 싶었다.

샤머니즘 다음은 종교였다. 2019년 여름, 두세 달 후에는 투석을 시작해야 한다는 말을 들었다. 몇 달 전부터 이미 들었던 말이지만, 확정적인 것은 아니었다. 하지만 크레아티닌 수치가 빠르게 높아지면서 의사의 말은 현실이 되어갔다. 여성의 경우 0.6~1.0이 정상 수치인데 나는 8월에 이미 5.19를 넘었다. 당장 투석을 해도 이상하지 않은 수치라고 했다.

신장은 낫지 않는 장기인 걸 알면서도 낫기만을, 투석하지 않기만을 바랐다. 나는 엄마가 다니는 심인당•에 다니기 시작했고 매일 불공을 드렸다. 하루에 네 번 심인당에 들러 한 시간씩 불공을 하는 스파르타 정진이었다. 전수님••은 두 달 정도 불공을 하고 몸 관리를 잘하고 나면 투석을 하지 않게 될

• 대한불교진각종의 법당.

•• 진각종의 여성 교화자. 조계종의 여성 승려와 비슷하다.

수도 있다고 했다. 기적은 일어나는 법이라며 내 손을 꼭 잡고 말해주었다.

나는 절실했다. 뼛속까지 합리주의자인 나는 대학교에서 배워온 과학적 사고가 있음에도 불구하고, 나의 생사, 건강이 달린 문제에서는 이성적 사고 회로가 작동하지 않았다. 간절한 마음으로 불공을 했다. 하지만 겁쟁이답게 전수님의 말을 완전히 믿을 수 있던 것은 아니다. 기대가 크면 실망이 크다는 사실을 오랜 투병 생활 끝에 잘 알고 있었다. 70퍼센트는 투석을 당연히 하게 될 거라는 마음, 30퍼센트는 그래도 기적이 오길 바라는 방어적인 마음을 유지했다. 그마저도 몸 상태가 악화되어 법당에 가는 것이 힘들어지자 희망은 고작 10퍼센트로 줄어버렸다.

그런데도 계속 불공을 했던 이유는 마음을 다스리기 위함이었다. 어차피 해야 하는 것이라면, 투석을 받아들일 수 있는 마음을 만들고 싶었다. 부처님께 제발 나 좀 낫게 해달라고 빌기보다는, 고요히 내 마음을 들여다보았다. 몸이 이렇게 힘든데 왜 투석하기 싫은지, 앞으로는 어떻게 살아가면 좋을지, 억울하고 속상한 나를 어떻게 달래면 좋을지 고민했다. 모든 것을 내려놓은 줄 알았는데, 운명은 나를 쥐어짰다. 조금도 남김없이 내려놓으라고 강요하는 듯했다. 점점 더 내려놓고, 더 포기해야 하는 상황 속에서 나는 말라갔다. 점점 더 대단한 마음을 먹어야만 견딜 수 있는 상황이 속상했다. 하지만 버텨낼 수밖에 없었다. 이러다 정말 몸에서 사리가 나올 것 같았다.

우리는, 그러니까 나와 엄마는, 사주와 종교 같은 무형의 믿음에 의지해야만 살 수 있었다. 그런 것을 통해서야 겨우 이 질병과 고난과 고통과 장애와 슬픔을 견뎌낼 수 있었다. 내 면역계가 나를 공격하는 병이라니. 내가 나를 죽음으로 몰아가고 있다는 사실은 도무지 받아들이기 어려웠다.

내 병 루푸스와 나는 닮아 있는 듯하다. 루푸스는 면역계가 과잉 반응을 해서, 다시 말해 지나치게 활성화돼서 외부 침입자뿐만 아니라 내 몸을 공격하는 병이다. 그래서 나는 면역을 억제하는 약을 먹는다. 나도 비슷한 성격을 가졌다. 몸을 넘어서는 과잉 열정으로 나를 혹사해왔다. 대학원 시험 기간이던 어느 날, 곤히 자던 중에 갑자기 손목이 아파서 깼다. 아픈 곳에 손을 대보니 핏줄이 날뛰고 있었다. 놀라고 아팠지만 너무 지친 나머지 손목을 부여잡은 채 다시 잠들었다. 아침에 눈을 떠보니 그 자리에 시퍼런 멍이 들어 있었다. 얼떨떨하게 앉아 손목을 바라보고 있는데 아픈 몸을 지나치게 굴렸던 지난 며칠이 떠올랐다. 한 문장이 머릿속에 떠올랐다.

'나는 나를 죽여왔는지도 몰라.'

눈에 확연히 보이는 시퍼런 멍은 꼭 내가 나를 때린 것만 같았다. 목표가 생기고 나면 지나치게 무리해서 나를 죽여가고 있었다. 마치 루푸스가 그러하듯이.

신앙은 마음속 혼란을 진정시켰지만, 투석을 막아주지는 못했다. 그토록 바랐던 기적은 일어나지 않았고 두 달 후 나는 수술대 위에 누워 있었다.

# 수술장에서의 위로와 달라진 나

노란 불빛이 비추는 서늘한 공간, 그리고 초록색 수술복을 입고 분주히 움직이는 의사들. 나는 쿵쿵거리는 심장을 부여잡은 채 그 속에 누워 있었다.

'어떻게 겨우 부분마취만 하고 배 가르는 수술을 한다는 거지?'

울고 싶은 마음 반, 그 자리를 뛰쳐나가고 싶은 마음 반이었다. 까칠했던 의사 선생님과는 온갖 고초를 겪으면서 친해졌고, 수술방에 들어와 내 맥박을 확인한 그는 "안 잡아먹어.

심장 터지겠다!"라고 장난스레 말했다. 맥박이 100에 가까워지고 있었다.

수술 전날 입원해 복막투석 교육, 바이러스 검사, 피검사, 엑스레이, 골밀도 검사, 심초음파 그리고 피하고 싶었던 관장과 제모까지 마치고 나서야 모든 준비가 끝났다. 병실에 돌아왔을 때는 이미 밤이 되어 있었다. 홀로 병원 침대에 누워 깜깜한 천장을 바라보니 가슴이 저릿했다. 배꼽 옆에 검은 마카로 X자 표시를 해둔 수술 부위를 자꾸만 만져보게 되었다. 다음 날 눈을 떠서 수술실로 옮겨진 후에는 완전히 다른 삶을 살게 될 것 같았다. 벌써 울고 싶지는 않은 마음에 일기를 썼다.

> "결국, 투석을 하게 됐다. 작년부터 걱정하고, 올해에는 많이 울며 겨우 받아들이게 된 투석. 어느 정도 마음의 준비가 되었다고 생각했는데 막상 입원하고 나니 더 체감되어 무섭고, 두렵다. 1년 좀 넘게 내 몸에서 같이 살아가야 할 실리콘 관. 조금 불편하겠지만 나를 살리는 길이라 생각하며 힘내자!"

어쩐지 내 일기는 항상 '힘내자'로 끝나는 것만 같아 쓴웃음이 나왔다. 모두가 나처럼 억지로 힘을 내면서 살아가는 걸까 궁금했다. 내일 수술에 대한 걱정이 줄곧 떠올랐다. 휴대폰으로 신장병 환우 카페에 들어가 도관 삽입 수술에 대한 후기를 섭렵했다. 제일 궁금한 것은 '얼마나 아픈가'였다. 어떤 사람은 마취할 때만 따끔하다고 하고, 어떤 사람은 생각보다 너무 아파서 눈물이 다 났다고 했다. 마음이 천국과 지옥을 오갔다.

다음 날 아침, 나를 수술실로 옮겨줄 이송 침대를 기다리면서 긴장된 마음을 가라앉히고 있었다. 물론 잘되지 않았다. 심장이 방망이질하듯 빠르게 뛰는 게 느껴졌다. 신장병 환우 카페에서 본 댓글처럼 '어차피 해야 할 일이니까 견디자'라고 굳게 다짐했다. 고통에는 이제 이물이 날 지경이었고, 어찌됐든 통증도 시간과 함께 지나간다는 것을 알고 있었다.

수술실의 공기는 차가웠다. 긴장된 내 마음을 더 쪼그라트리는 것 같아 서러웠다. 아프냐고 여러 번 묻는 내 질문에 간호사 선생님이 마취만 잠깐 따끔할 거라고 말해주어 안심되었다. 그 말과 다르게 마취부터 시작해 배를 째고 도관을 박아 넣는 과정까지 모두 아팠지만 안 아프다, 안 아프다 생각하며 나를 속였다. 맥박은 계속 떨어지지 않았다. 의사 선생님은 내 긴장을 풀어주기 위해 이런저런 말을 건넸다. 투석을 시작하면 공부는 어떻게 할 생각이냐, 앞으로의 계획은 어떻게 되느냐, 같은 것들이었다. 나는 아직 잘 모르겠다며, 투석하는 동안은 좀 놀아볼까 생각 중이라고 말했고 선생님은 웃었다. 그러곤 진심을 담아, 투석해도 무엇이든 할 수 있으니 청춘을 잘 보내면 좋겠다고 했다.

나는 지난 시간을 돌아보았다. 내가 미래를 계획하고 꿈꾸는 순간에 나는 언제나 무너졌다. 그것이 두려워 이제는 아무것도 결심하지 않기로 다짐했다. 꿈꾸는 일이 내게는 꼭 금기처럼 느껴졌다. 열여덟 살에 루푸스가 처음 발병했을 때, 공부를 그만두라던 조언을 따르지 않은 걸 몹시 후회하는 중이었다. 그 말만 들었어도 투석까지는 안 해도 됐을 거라고 생각했다. 나는 파란 천 너머로 의사 선생님에게 말했다.

"공부만 하면 자꾸 아프니까요. 아무것도 안 해야 할 것 같아요."

그는 잠시 생각하는가 싶더니 부드러운 목소리로 답했다.

"시기가 겹쳤으니까 물론 그렇게 생각할 수 있지만… 공부를 해서 아픈 게 아니라, 아프던 중에도 공부를 해낸 거예요."

그 말을 들은 나는 마음이 더 단단해져서 더는 배가 아프지 않았다. 되새기고 자책하던 날들에 대한 면죄부를 받은 것만 같았다.

주먹을 세게 쥐고 손톱으로 손바닥을 눌러가며, 한 시간 남짓한 시간을 버텨냈다. 수술대 위에서는 모든 생각이 더 또렷하게 떠올랐고, 열여덟 살부터 반복된 사투를 곱씹었다. 오늘만큼은 내게 대단하다고 말해주고 싶었다. 의사 선생님의 말처럼, 아프던 중에도 공부를 해냈으니 대단하다고. 아니, 그저 살아낸 것만으로도 장하다고 이야기해주고 싶었다.

결국 호스가 달려버린 내 몸은 다시 이송 침대에 실렸다. 나는 수술장에서 나와 선희와 성우를 마주했다. 엄마 아빠의 얼굴을 보자 꾹 참던 눈물이 쏟아졌다. 오늘도 한 손은 선희의, 다른 한 손은 성우의 손을 맞잡고 훌쩍거렸다. 이제 끝났다는 안도감과 다시는 평범한 삶을 살지 못할 거라는 서글픔과 배가 욱신거리는 고통스러움이 섞인 눈물이었다. 선희는 고생했어, 잘했어, 이제 다 끝났어, 라고 말하며 내 손을 연신 쓸어주었다.

호스가 달린 내 몸이 너무도 낯설었다.

## 험난한 투석 적응기

쉬운 일은 없었다. 투석만 하면 모든 게 좋아질 거라더니. 흐려진 머릿속도 깨끗해지고 몸도 가뿐해질 거라더니, 어쩐지 컨디션은 하강 곡선을 그렸다. 투석이 몸을 낫게 해주는 치료가 아니라는 걸 알면서도 나는 또 기대했었나 보다. 정작 내가 마주한 건 루푸스와 함께하는 내 인생의 또 다른 연장선일뿐이었다. 도관이 자리 잡고 아무는 2주 동안에는 투석을 시작하지 못하는데, 그동안 호된 신고식을 치렀다.

1. 도관 삽입 재수술을 해야 한다고?

실리콘 도관을 몸에 넣는 수술은 몹시 아팠다. 뱃가죽을 째서 기다란 도관을 몸 안에 넣는 수술을, 부분마취로 맨정신에 견디자니 식은땀이 몸을 적셨다. 도관은 자리 잡는 동안 몸 안을 할퀴고 다녔다. 투석액이 들어 있지 않은 배 속을 휘저었다. 그 바람에 밑이 빠지는 것처럼 아프고, 부정 출혈이 생기고, 자궁 근처가 깜짝깜짝 놀랄 만큼 아파서 자다 깨서 울기도 했다. 문제는 여기서 끝나지 않았다.

일주일에 두 번 병원에 들러 시험 투석을 해보는 과정에서 골칫거리가 생겼다. 투석액이 배에 들어간 양만큼 다시 도관을 따라 나와야 하는데 그게 말썽이었다. 500밀리리터를 넣으면 자세를 바꾸고 몸을 쥐어짜도 200밀리리터가 겨우 나왔다. 오랜 기간 다량의 스테로이드를 먹어 몸 안에 딱딱한 섬유소•가 많이 생겼고, 그게 도관 구멍 주위를 막았다고 했다. 나와 비슷한 처지의 다른 환자는 결국 섬유소 때문에 재수술을 했다며 투석실 간호사 선생님들은 나를 걱정했다. 그들의 걱정은 나의 불안으로 번졌다. 부분마취로 하는 수술을 어떻게 견뎠는데, 도관을 넣고 배가 찢어질 것 같은 이틀 밤

• 피브린. 혈액을 응고시키는 당단백질이다. 무색 또는 노란색을 띠며, 탄성 있는 고체의 형태다.

은 또 어땠는데. 그걸 다시 겪고 싶지는 않았다. 다행히 일주일 후, 헤파린•으로 섬유소가 녹아 재수술을 면할 수 있었다.

2. 변비와 장염

태어나서 한 번도 변비를 겪어보지 않았다. 수학여행이나 남의 집에 가서도 쾌변을 하는 멋진 몸이었는데! 길쭉한 도관이 몸에 들어와서 위장이 겁먹은 건지, 도무지 변이 나오지 않았다. 게다가 도관 재수술을 면한 기념으로 엄마, 아빠와 거하게 먹은 한우가 소화되지 않아서 가스만 차고 배가 부풀었다. 간호사 선생님과 전화 상담을 하고 약국에서 변비약을 사다 먹었다. 적정량을 섭취했는데도 몸에 맞지 않았던 건지 장염에 걸려버렸다. 응급실에 갈 정도는 아니어서, 굶으며 견딘 주말 동안 3킬로그램이 빠졌다. 치료를 위해 넣은 도관은 잘못 들어온 이물질처럼 날 아프게 했다.

3. 갑자기 찾아온 통풍

장이 서서히 움직일 때쯤부터 오른쪽 팔꿈치에 열이 났다. 꼭 팔꿈치에서 심장이 뛰는 것처럼 둥둥 울렸다. 머리카락만

• 혈액 응고를 억제하는 분자. 주사제처럼 투석액에 섞어 몸에 넣는다.

스쳐도 악 소리가 날 만큼 아팠다. 주말이 지나고 찾아간 정형외과에서는 엑스레이를 찍어보더니 뼛조각이 나왔다며, 어딘가에 크게 부딪혔냐고 물었다. 나는 전혀 그렇지 않다고 말했지만, 동네 정형외과 의사는 무심한 표정으로 뼈 주사를 맞고 물리치료를 하고 가라고 했다. 의아했지만 달리 방도가 없어 시키는 대로 했다. 집에 갈 때쯤 팔꿈치는 더 부어 있었다.

다음 날 아침, 왼쪽 팔꿈치에도 같은 증세가 생겼다. 이제는 양팔이 접히지도, 올라가지도 않았다. 선희는 아무래도 다른 문제가 있는 것 같다며 대학병원에 가자고 했다. 접히지 않는 팔을 욱여넣어 간신히 티셔츠를 입고 병원으로 향했고, 그 길로 이틀 밤을 입원하게 됐다. 엑스레이에서 보이던 뼛조각은 요산 결정체•였다. 장염으로 갑자기 굶은 몸에 전해질•• 수치 변동이 생겨 통풍이 생긴 거라고 했다. 통풍을 가라앉히기 위해 애증의 스테로이드도 다시 먹었다. 며칠간 참은 게 억울할 정도로 하루 만에 고통이 덜어지고 팔을 접을 수 있었다. 그제야 내 두 팔로 얼굴을 간지럽히는 머리카락을 치울 수 있게 되고, 세수와 양치를 할 수 있었다. 숨통이 트였다.

• 요산이 신장에서 제대로 걸러지지 않으면 몸 안에 쌓여 결정을 만든다. 날카롭고 딱딱하게 굳은 조각이 된다.

•• 몸속 수분에 자연스럽게 녹아 있는 이온을 말한다. 나트륨, 칼륨, 칼슘 등이 있다.

4. 샤워를 못 해

도관 수술 후 두 달 동안 샤워를 못 했다. 아직 수술 부위가 아물지 않은 탓에 물이 들어가면 안 된다고 했다. 몸통 부분만 빼고 씻거나 물수건으로 등을 닦는 게 전부였다. 따뜻한 물줄기를 맞으며 하루의 노곤함을 풀어내던 때가 너무도 그리웠다. 어쩐지 몸에 벌레가 기어 다니는 것 같은 느낌도 들었다. 누군가 내게 가까이 오면 냄새가 나지는 않을까 걱정했다. 두 달 뒤 샤워를 하게 되었을 때 느꼈던 기쁨은 여전히 선명하다. 투병은 당연했던 일상을 조금씩 깨트렸다.

"투석 초기에 이렇게 한바탕 신고식 하는 분들이 계시더라고요."

투석실 간호사 선생님이 내 도관을 투석액에 연결해주며 말했다. 살기 위해 어쩔 수 없이 치러야 하는 신고식은 거부할 수도 없는 노릇이었다. 샤워를 허락받을 때쯤 변비도, 통풍도, 도관이 몸 안을 긁는 통증도 사라졌다. 몸은 조금씩 투석에 적응해갔다.

컨디션이 가라앉을 때마다 나는 왜 그렇게 좌절했을까? 차라리 투석을 하면 더 나은 생활을 할 수 있을 거라고 기대했기 때문일 것이다. 투석까지 하게 된 마당에, 쉬운 일이 있을 거라고 믿었던 내가 바보같이 느껴졌다. 하지만 그런 작은 바람이라도 있어서 견딜 수 있었다. 투석을 시작하면 영락없이 장애가 있는 몸이 되는 것이라는 절망감과 상실감을 삼키려면, 그래도 컨디션은 나아질 거라는 기대라도 해야 했다.

나는 절취선을 긋듯이, 절망의 한계를 마음대로 주욱 그어놨었다. 고통이 한계를 늘려갈 때마다 나는 선을 그었다. 이번까지만 딱 여기까지만 버틸 수 있다고. 여기서 더 아파지고 슬퍼할 일이 생긴다면 견딜 수 없다고 마음속으로 선언했지만, 몸은 뜻대로 되지 않고 야금야금 내게 더 많은 이해와 인내를 요구했다. 절취선을 긋고 반대쪽 몫을 잘라버리는 것처럼, 기대와 희망을 반 토막 내며 견뎠다.

2017년 긴 병원 생활에서 거의 내 몸뚱이의 절반은 내어준 것이라 생각했고, 투석을 시작하면서 또 나머지 반을 떼어주었다. 나는 이제 고작 4분의 1만큼 남아 있었다. 더는 나를 양보할 수 없어, 여기까지가 내 한계야, 라고 마음을 잡지만 병은 끊임없이 나를 좀먹었다. 평범한 삶은 이제 틀린 것 같았다.

# 장 애 인 이 되 었 다

"희우 씨, 투석한 지 3개월 됐으니까 장애 등록하실 거면 서류 받아 가세요."

복막투석실 간호사 선생님이 내게 말했다. 마치 영수증을 받아가라는 말처럼 일상적인 톤으로. 이 정돈된 질서에서 나만 초보라는 사실이 새삼 와닿았다.

"벌써 그렇게나 됐어요?"

나도 아무렇지 않게 답했다. 그래야만 할 것 같았다.

3개월간 투석을 했다는 의무기록을 떼고 서류 증명을 받았다. 장애심사 신청서는 밀봉되어 '제출 전 열람하지 말 것, 재발급 불가'라고 파란색 도장이 찍혀 있었다. 장애 진단을 받을 것은 내 몸인데도 나만 볼 수 없는 신청서를 들고 병원 로비 의자에 앉았다. 밀봉된 종이봉투의 끝자락을 구깃구깃 접었다. 잔뜩 구겨진 내 마음 같았다.

처방전과 영수증, 의무기록 사본, 장애심사 신청서 등 갖가지 종이 더미들을 가방에 쑤셔 넣고 지하철에 올랐다. 평소에는 눈을 붙인 채 많은 역을 지나치지만, 오늘은 왠지 창밖만 내다보았다. 지하를 지나느라 껌껌한 전경만이 보였다. 아무리 지나도 밝은 구석이 보이지 않을 것만 같았다.

피곤하다는 핑계로 며칠간은 심사 신청서를 제출하지 않았다. 아직 마음 정리가 덜 되었다는 말은 별로 힘이 없었다. 투석을 시작할 때부터 곧 장애인이 될 거라는 사실을 알고는 있었다. 그리고 이미 루푸스를 앓게 된 때부터 나는 세법상으로는 장애인이었다. 아빠는 아직 그 정도로 어려운 형편은 아니라며 연말정산 때 증명서를 제출하기를 꺼렸지만, 나는 몸이 약해 돈을 벌 수 없다는 것을, 병원비가 더 많이 들어간다는 것을 국가에서 이미 인정한 터였다.

분명히 이미 알고 있던 사실이었다. 배꼽 옆에 30센티미터가 넘는 호스를 꽂고 매일 투석액을 열두 시간씩 몸에 넣어야만 살아남을 수 있는데, 내가 몸이 불편한 장애인이라는 것은 어쩌면 자명한 사실인지도 몰랐다. 가끔은 엄마나 친한 친구들에게 자랑하듯, 나는 곧 장애인이 되니까 휴대폰 할인 혜택도 받을 거라고 말했다. 장애 전형으로 취업할 수 있는 곳을 찾아보고 내 몸에 맞는 회사에 취직하는 것을 우선순위로 계획도 세웠었다. 그런데 막상 이렇게 서류를 받아들고 나니, 이 활자들에서 도망치고 싶었다. 서류를 갈가리 찢어버리면 없던 일이 될까? 생각했다. 이틀을 꼬박 침대와 소파에 붙어 끊임없이 텔레비전이나 유튜브, 넷플릭스를 봤다. 가상공간에 나를 욱여넣어서라도 지금 이 자리에서 마음을 피하게 해주고 싶었다.

어차피 할 거라면 빨리 신청해서 혜택을 받자는 실리적인 마음을 끄집어내고 또 끄집어내서 주민센터로 향했다. 번호표를 뽑고 기다렸는데 창구에 가니 직원은 이렇게 말했다.

"장애인은 전용 창구 이용하셔야 해요."

막상 장애인이라는 말을 들으니 '저 장애인 아닌데요'라는 말이 목구멍까지 차올랐다. 하지만 그저 짧게 탄식을 내뱉고 말았다. 고개를 끄덕이고 장애인 전용 창구로 가니 이미 두 사람이 앉아 있었다. 옆에 놓인 의자에 앉아 그들을 바라봤다. 전에는 어떤 타인도 응시한 적 없었는데, 지금은 나와 비슷한 사람들이란 생각이 드니 어떤 사람들일지 궁금했다.

두 사람은 모녀인 듯했다. 내 또래로 보이는 머리를 묶은 여자가 엄마에게 기대어 앉아 있었다. 그는 약간은 힘겨운지 때론 인상을 찌푸리기도 했다. 그의 옆에 서 있는 사람은 엄마겠지. 그의 엄마는 딸을 자신의 허리춤에 붙들고 서 있었다. 그렇게 불편한 자세로 서류를 주고받고, 서명하고, 신분증을 보여주었다. 등록의 마지막 단계 즈음인지 그들은 앞으로 받게 될 복지 혜택에 관해 설명을 들었다. 나는 불현듯 다시 도망치고 싶은 마음이 들었다. 별거 아냐, 아무것도 아냐, 속으로 되뇌었다. 누군가와 같이 올 걸 그랬다며 후회했다.

모녀가 떠나고 내 차례가 왔다. 서류 뭉치를 들고 직원 앞에 앉으며 작게 "안녕하세요"라고 속삭였다. 목소리가 크게 나오지 않았다.

"안녕하세요. 대신 오셨어요?"

직원은 신청서와 나를 번갈아 보며 물었다. 나는 멍하니 탁자의 점박이 무늬를 세다가 황급히 "아, 아닌데요"라고 대답했다. 그는 멋쩍은 웃음을 지었다. 역시 겉으로는 멀쩡해 보이는 거겠지, 억울하면서도 기쁜 마음이 들었다. 내 아픔을 오롯이 인정받지 못하는 것 같았다. 나는 이렇게나 아픈 사람인데 겉으로는 보이지 않으니 멀쩡한 한 사람의 몫을 해내라는 것도 같았다. 그런 생각을 하면서도 주어지는 서류의 동의란에 서명을 해서 건넸다. 몇 가지만으로 신청이 끝났다.

"다 되셨고요. 심사가 한 달쯤 걸리니 그때 다시 오시면 돼요."

나는 감사하다 말하며 돌아섰다. 터덜터덜 걸어 나와 애꿎게 예쁜 하늘을 보고 한숨을 내뱉었다.

그리고 아프다가 아픈 나에게 지쳤다가 하면서 한 달을 보냈다. 잊어갈 때쯤 내 앞으로 등기가 하나 도착했다.

수신: 희우 귀하

제목: 장애정도 심사 결과 안내

귀 가정의 평안과 행복을 기원합니다.

국민연금공단에 의뢰한 귀하의 장애정도 결정 심사가

완료되어 붙임과 같이 〈장애정도 결정서〉를 송부하오니,

결정서상의 내용을 확인하시고 동 주민센터로 방문하시어

장애인등록증을 발급받으시기 바랍니다.

▶ 판정 결과: 신장 – 심한 장애

그 종이를 본 나는 심한 장애인이 되었다. 심한 장애인은 대체 뭘까? 하며 아빠에게 종이를 보여주었다.

"아빠, 나는 심한 장애인이래. 말이 심하지 않아?"

나름 라임을 맞춰 과장된 웃음을 지으며 말했다. 그렇게 하면 내 마음을 붙들어둘 수 있을 것 같았는데 매번 실패하고 말았다. 아빠는 내가 혼자 큰소리를 쳐놓고는 고개를 떨군 채 어깨를 들썩이자, 조용히 다가와 등을 토닥여주었다. 딱딱한 글씨들이 적힌 서류는 손가락 사이에서 팽팽하게 흔들렸다.

신분증을 들고 주민센터에 찾아가니 결정서를 보여주지 않았는데도, 직원은 이미 내가 '심한 장애인'이 된 것을 알고 있었다. 이번에는 서류가 많았다. 미혼인 데다 일을 하고 있지 않아서 장애인 연금을 신청할 수 있었다. 그를 위해 소득과 재산을 신고하고 금융정보 제공에 동의해야 했다. 여러 장의 종이 뭉치, 동의하라는 네모 박스가 눈앞에 줄지어 있었다.

그동안 몰랐던 장애인으로서 받을 수 있는 혜택을 알게 되었다. 지하철비 무료, 가스비·수도세 감면, 통신비 감면, 장애인연금 수당도 받을 수 있었다. 25만 원쯤 받는 것으로 알고 있는데 그렇게 되면 내가 지난 학기 대학원에서 연구 조교를 하며 20만 원을 받던 것보다 많이 받는 것이었다. 25만 원

어치나 몸이 아픈데 고작 20만 원을 받고 몸을 축냈나 싶어 허탈한 웃음이 나왔다. 이제 와서 달라질 거라곤 하나 없는데 모든 것이 달라진 것만 같았다.

## 병이
## 내가 되지 않도록

루푸스는 매 순간 나를 아프게 하지는 않는다. 평생을 안고 가야 하는 숙제답게, 좋을 때도 나쁠 때도 있고, 약을 먹을 때도 먹지 않을 때도 있다. 나쁠 때는 움츠린 채 살아 숨 쉬고 있음에 감사해야 하지만, 좋을 때는 또다시 꿈을 꾸고 삶의 계획을 세워야 한다. 반짝이는 꿈이 아니더라도 생계를 유지할 경제적 수단 정도는 마련해야 한다. 언제나 부모가 나와 함께해줄 수 없고, 나 또한 아무런 목표 없이 살 수 없는 사람이니까.

그렇다면 꾸어도 안전한 꿈은 어떤 것이고, 나를 해치는 꿈은 어떤 것일까? 그 사이에서 조금이라도 더 좋아하는 것을 취해보고자 저울질해왔다. 수능을 앞두고, 로스쿨 입시를 앞두고 병이 크게 재발했다는 사실은 나를 꾸준히 옭아맸다.

아픈 몸으로 로스쿨 진학을 고려해도 되는지 고민하던 때에는 몸이 너무도 거추장스럽게 느껴졌다. 몸의 눈치를 보며 꿈을 고려해야 한다는 게 서러웠다. 그때 이런 말을 들었다.

"희우 씨는 자신이 곧 루푸스 자체라고 생각하는 것 같아요."

진로 상담을 받던 중의 일이었다. 나의 어떤 이야기에서도 빼놓을 수 없는 오랜 질병에 대해, 상담 중 너무 많은 말을 했던 건 아닌지 돌이켜봐야 했다. 어쩌면 나는 10년 전 그날부터 마음껏 꿈꿀 자격을 박탈당한 건지도 몰랐다.

진로 상담은 큰 도움이 되지 않았다. 무엇이 되고 싶고, 무엇을 하며 살고 싶냐는 질문은 아픈 몸 앞에서 아무 소용이 없었다. 그보다 질병에 갇혀 있는 나 자신이 더 시급한 문제였다. 루푸스와 함께한 후로 나는 '나'라는 사람보다는 '루푸스를 가진 나'에 초점을 맞추며 살아왔다. 그럴수록 나의 꿈과 세계는 점점 좁아지고 작아졌다. 이제는 투석 줄에 묶인 그곳에서 두 발짝, 딱 그만큼만 내게 허락되는 것 같았다.

사람들은 자기 자신을 나타내는 몇 가지의 키워드를 가지고 살아간다. 청소년기에 정하거나 주어진 그들의 키워드는 대체로 비슷한 단어 수준에서 확장된다. 나에게는 밝음, 성실함, 열정, 솔직함, 당당함 등의 낱말들이 있었다. 그러나 루푸스가 몸의 한구석을 차지하게 된 후로 성실함을 약속할 수 없었고, 열정을 드러낼 체력이 없었으며, 자연히 당당함을 잃었다. 때론 아픔을 숨기고 솔직함마저 감춰야 했다.

루푸스에 걸린 나를 제쳐두고, 오롯이 나로서의 성장만을 기대할 수는 없다. 루푸스에 걸린 나도 나일 테니까. 하지만 선후 관계의 약속은 필요한 것 같다. "나는 환자라서 그런 건 할 수 없어"가 아니라, 하고 싶은 걸 알아채고 나서 내 몸의 조건에 맞는지 고민해야 조금이라도 나아갈 수 있다. 혹여 도전하고 몸에 가로막혀 좌절하더라도, 다시 툴툴 털고 일어날 수 있는 용기를 가지고 싶다. 의연하지는 못하더라도, 적어도 "이거 아니면 딴 거 하면 되지"라는 마음으로, 하나의 문이 닫히면 다른 문이 열릴 거라는 굳은 믿음을 가지며 살아가고 싶다.

루푸스는 이미 내게 왔다. 또 나는 신장 기능을 모두 잃었고, 투석을 하지 않으면 살아갈 수 없게 되었다. 장애 등록을 마치고 돌아와, 오랜 시간 병으로 인해 겪어야 했던 나의 삶의 장애들에 대해 생각했다. 내게 확정적으로 붙은 '장애'라는 수식어는 오히려 마음을 편하게 만들었다. 보이지 않는 질병을 달고 평범한 친구들과 같은 삶을 살기에는 많은 노력이 필요했다. 너무도 고단했다. 이제는 그만 병을 부정하고 더는 평범을 가장하지 않고 몸의 속도대로 살아가고 싶었다.

이미 일어난 일은 돌이킬 수 없다. 교통사고와 마찬가지로 병은 갑자기 우리에게 온다. 이제부터는 맞닥뜨린 사고를 어떻게 처리해나갈지가 중요하다. 어떻게 내게 이런 일이 일어날 수 있느냐고 주저앉아 울기보다는, 울만큼 충분히 울고 무릎을 털고 일어나야 한다. 가진 만큼에서 다시 시작하는 법을 배워가고 있다.

나의 병은 평생 나와 함께인 듯 아닌 듯 살아갈 것이고, 투석과 이식을 반복해야 할지도 모르고, 때로는 사랑하는 사람들에게 짐이 되겠지만, 나는 많이 울더라도 또 많이 웃으면서 살아가고 싶다. 슬픔의 시간에서 걸어 나와 할 수 있는 만큼 웃으며 지내고 싶다. 지금 여기에서만 누릴 수 있는 행복과 사랑과 기쁨들을 그러모아 나라는 사람 자체로 존재하고 싶다.

# 이기적인 딸이 되어간다

"A3309• 들어오세요."

엄마와 나는 하얀 진료실 문을 열고 들어갔다. 이식 담당의 선생님은 이미 미간을 찌푸리고 있었다. 선희와 나는 서로를 한번 흘끔 보고는 의아한 마음으로 그의 눈치를 살폈다. 잠깐의 침묵 후 선생님의 굳게 다문 입술이 떨어졌다.

"… 어머니는 치료를 받으셔야겠는데요?"

• 최근 대학병원에서는 개인정보보호를 위해 실명이 아닌 당일 배정되는 번호를 부른다.

나는 다시 선희 쪽을 돌아봤고 그 역시 나를 보고 있었다. 커다래진 눈동자로. 의사 선생님은 그런 우리 대신 모니터를 보며 말을 이어갔다.

"단백뇨가 많이 나오네요. 당연히 공여는 못 하시고요."

나는 흔들리는 눈동자를 붙잡아 내 앞에 놓인 모니터를 바라봤다. 일렬로 줄서 있는 수십 개의 약어와 숫자들이 선희 몸의 이상 신호를 알려주고 있었다. 빨간색으로 표시된 글자들이 위태로워 보였다. 의사 선생님은 단백뇨 정상 범위가 하루에 200밀리그램 이하인데, 선희는 2,000밀리그램이 넘게 나온다고 설명했다. 내가 열여덟 살에 발병하던 당시 똑같이 들었던 말이었다. 손가락이 미세하게 떨리고 있었다.

"희우 씨 어쩌면 좋죠…. 다른 기증자를 구하셔야겠는데요."

의사 선생님은 눈썹과 입술을 아래로 휘며 말했다. 그러나 지금은 선희 몸도 걱정할 때라며, 약을 먹고 치료를 받아야 한다고 했다. 나는 어떤 마음을 가져야 할지 혼란스러웠다. 선희가 아파서 걱정되기도 했지만, 이기적이게도 내 미래에 대한 불안도 함께 들었기 때문이다.

선희는 원래 내게 신장을 공여해줄 예정이었다. 교차반응

검사•를 해보니 엄마와 아빠 모두 나와 맞는다고 했다. 크게 아팠던 경험이 있는 성우보다, 워낙 건강 체질인 자신이 공여하는 것이 더 나을 거라고 선희는 말했다. 그래서 먼저 엄마와 검사를 진행하던 중이었다.

신장을 주려면 공여자의 몸에 어떤 이상도 없어야 해서, 선희는 지난달 건강 검진을 받았다. 매년 받아온 정기 검진에서는 이제까지 이상이 없었다. 그런데 지난달 결과에서는 단백뇨가 +1로 측정되었다. 또 단백뇨 수치에 이상 징후가 있으니 재검을 권고한다고도 쓰여 있었다. 그는 어차피 3월 초에 핵의학검사••로 그의 신장 여과율을 정밀하게 검사할 예정이었기에 검진받은 곳에 재방문하지 않았다고 했다.

그리고 오늘, 엄마는 나보다 먼저 대학병원에 와서 검사를 했는데 지난번보다 단백뇨 증세가 더 심해진 것이었다. 의사 선생님은 선희에게 혈압약과 콜레스테롤약을 처방해주었고 한 달 후에 다시 보자고 말했다. 흔들리는 눈빛과 떨리는 목

• 공여 예정자의 적혈구와 환자의 혈청을 섞어서 이들 간의 적합성을 보는 검사. 부작용을 예방하기 위해 필수적인 검사이다.

•• DMSA 신장검사. 신장의 형태 및 기능을 평가하는 검사. 방사성동위원소를 정맥주사 후 측정한다.

소리만 오간 채 진료는 빠르게 끝이 났고 나와 선희는 떠밀리듯 그곳에서 나왔다.

진료실 밖 새하얀 복도에서 선희와 나는 서로에게 시선을 주지 않은 채 한참을 침묵했다. 무슨 말부터 꺼내야 할지 몰랐다. 왜 지금까지 선희가 공여해줄 수 있다고, 그것이 당연한 거라고 생각해왔는지 후회가 밀려왔다. 루푸스와 함께한 이후로 내게 인생과 건강이란 늘 순탄치 않은 것이었는데, 이번만큼은 왜 그렇게 확신해서 이렇게까지 허망한 기분이 들어버리는 건지. 철없이 기대를 이어가는 내가 너무나 바보 같았다. 한편으로는 엄마가 걱정되었다. 감기 한 번 걸리지 않던 그가 단백뇨가 나온다니. 10년의 투병으로 신장병이 얼마나 힘든 것인지는 엄마보다도 내가 더 잘 알았기에 더욱 착잡했다. 우리는 다음 진료 예약을 설명해주러 온 간호사와 간단하게 이야기를 주고받고 주춤주춤 그곳에서 발걸음을 옮겼다.

선희와 나는 "카드로 결제할까?", "화장실에 들렀다 가자" 같은 조금 전의 진료와는 상관없는 말만 주고받으며 걸었다. 그러면서도 나는 끊임없이 엄마를 곁눈질했고 아마 선희도 내 마음을 헤아리고 있었을 것이다. 코로나19 때문에 이례적으로 텅텅 비어 있는 병원 복도에는 몇몇 사람들의 빠른 발걸음 소리, 수납 영수증 팔락거리는 소리만 들려왔다.

진료 후에는 항상 선희의 거친 손을 잡고 천천히 걸었는데 오늘은 그와 약간 떨어져서 빠른 발걸음으로 걸었다. 선희가 내 반대쪽으로 고개를 돌리고 얕은 한숨을 내쉬었다. 나는 반사적으로 그의 표정을 살폈다. 아차 싶어 그의 손을 붙잡았다.

"밥이나 먹으러 가자, 엄마."

나는 선희의 손을 잡아끌었다. 축 처져 있어서는 안 될 것만 같았다. 내가 시무룩하면 엄마는 미안해할 텐데, 사실 이건 그가 내게 미안할 일이 아니라는 걸 나도 잘 알았다. 이건 우리 두 사람의 불행이지, 서로 탓할 문제는 아니었다. 그런데도 속상한 마음이 드는 내가 밉고 또 안타까워서 마음을 꾹꾹 눌렀다.

"엄마도 이제 싱겁게 먹어야 해."

나는 팔꿈치로 그의 허리를 쿡쿡 찌르며 미소 지었다. 그런 나를 보고 선희는 등을 약간 굽히면서 더 키득거리며 웃었다. "지도편달 부탁드립니다" 하며 손으로 합장하는 시늉도 했다. 그러자 나는 어깨를 쭉 펴고 양손을 허리춤에 가져다 대며 "병에서는 내가 선배라고!"라고 했다. 우리는 그렇게 농담을 주고받으며 서로에게 괜찮다고 말하고 있었던 것 같다.

선희와 나는 짜지 않은 메뉴를 신중히 골랐다. 잊어버리려고 해도 오늘의 진료 결과는 자꾸만 머릿속에 두둥실 떠올랐다. 엄마도 마찬가지인 듯했다. 밥을 먹다가도 골똘히 생각에 잠기는 그에게 나는 말했다.

"엄마, 한 달 정도 약 먹고 나면 괜찮을 수도 있을 거야. 미리 너무 걱정하지 마."

선희가 사실은 내 걱정을 더 할 것을 알면서도, 부러 그의 건강에 관해 얘기했다. 나는 괜찮으니까 엄마 걱정을 더 했으면 좋겠다는 마음을 담은 말이었다. 선희는 숟가락을 천천히 내려놓고 내게 시선을 두고 말했다.

"네가 걱정이어서 그래. 나는 내 걱정은 안 해. 어차피 늙어가는 몸이잖아."

나는 선희의 눈썹 왼쪽 끝에서 오른쪽 끝을 천천히 번갈아 보다가 으응, 하고 말았다. 건강한 딸이었다면 이런 때에 온전히 엄마 걱정만을 할 수 있었을 텐데, 그렇지 못한 내가 밉고 또 미웠다. 알 수 없는 마음이었다. 이 상황이 속상해 엉엉 울고 싶으면서도 그러기엔 선희에게 너무나 미안해서 마음을 숨기고 싶기도 했다.

집으로 돌아와 한숨 자고 나니 밀어두었던 이기적인 마음들이 치고 올라왔다. 나도 참 나다! 하면서 민낯의 마음들을 혼자서 끄집어냈다. 이런 마음이 드는 게 당연한 거라고 말해줄 누군가가 필요했다. 가장 가까운 감정은 미래에 대한 불안함이었다.

'이러다 만약, 아빠도 공여할 수 없다고 하면 어쩌지?'

아직 검사도 해보지 않았는데 성우의 건강은 이미 염려스러웠다. 몇 달 전에 끊었지만 수십 년간 피워온 담배, 매일 챙겨 먹는 알약, 내가 아직 엄마 배 속에 있을 때 성우가 쓰러졌던 일 같은 것들이 연달아 터지는 불꽃놀이 폭죽처럼 터져 올라왔다. 동생은 공여자 후보로 생각하고 싶지 않았다. 아픈 사람은 나 하나로 족했다.

어쩐지 모든 기운이 나쁜 쪽으로 흘러가는 것만 같았다. 루푸스를 잠재우기 위해 1년만 투석하고 나면, 이식 후에는 다른 친구들처럼 건강히 지낼 수 있을 거라고 했는데. 이미 다 계획이 된 줄 알았는데. 그건 내게 이미 정해진 미래였기 때문에 플랜 B는 마련되지 않은 채였다.

그럼 나는? 이식을 못 하면 나는 어떻게 되는 걸까? 이식 후에는 친구들처럼 1인분의 몫을 해낼 수 있을 거라는, 풍족하지 않은 집에 더는 짐이 되지 않을 거라는 나의 계획, 나의 기대는? 속상한 마음이 울컥 치밀어 올랐다.

가족 이식을 못 하게 된다면 나는 몇 년이나 투석을 더 해야 하는 걸까? 여섯 시간에 한 번씩 묶여서 지내는 투석액 줄에 얼마나 더 묶여 살아야 할까? 또 신장이 기능을 못 해서 생기는 빈혈, 전해질 이상, 통풍, 만성 피로 등을 달고 살면서 어떻게 남은 삶을 보내야 할까? 나는 이제 스물여덟인데 투석을 오래 하게 된다면 내 몸은 몇 살까지 버텨줄까? 많은 질문이 머릿속에 떠올랐다. 부정적인 가정을 한번 시작하고 나면 물음표의 구렁텅이에 빠지고야 말았다. 자주 반복되는 일인데도 물음표 더미에서 벗어나는 일은 매번 어려웠다.

이미 정해진 것만 같았던 이식 수술도 쉬운 게 아니라는 걸 알게 되었다. 역시 쉬운 건 하나도 없구나. 그리고 결국엔 또 하나의 물음. 나에게 건강한 미래는 주어질까?

# 당연한 사랑은 없다

엄마 선희는 애정을 드러내는 편은 아니지만 언제나 든든한 지원군이 되어주었다. 십여 년을 아프면서 나는 어느새 가족들에게 받는 사랑과 걱정을 당연하게 여기고 있었다. 언제나 아프고 힘든 건 내 쪽이었고, 그런 나를 지켜보는 가족들의 마음보다도 고통 앞에 무기력한 내 마음을 돌보는 것이 더 중요했다. 그런 선희는 내게 신장 공여를 해주려고 받은 검사에서 단백뇨 외에 다른 문제를 발견했다. 확실한 것은 입원해 여러 검사를 해봐야 안다고 했다. 항상 내가 누워 있던 병원 침대에 선희가 누워 있는 모습을 보자 몹시 가슴이 시렸다. 조직검사 후에 곯아떨어진 선희의 거친 손을 맞잡고 한참을 그의 희끗희끗한 흰머리를 바라봤다.

"엄마, 아프지 마. 사랑해."

평소에는 잘 하지 않는 말을 잠든 그에게 거듭 말했다. 선희 없는 나를 상상할 수 없었다. 얼마 전까지 그가 내게 신장을 이식해줄 수 없다는 사실을 알고 속상해했던 마음이 떠올라 괴로웠다. 나의 아픔에만 정신이 팔려 그의 건강을 돌아보지 못한 날들을 후회했다.

선희와 나는 처음부터 애정이 넘치는 모녀는 아니었다. 평범하고 투박한 모녀 사이에 더 가까웠다. 반복되는 나의 입원 생활을 겪으며 우리는 아픔을 함께 나누는 사이가 되었다. 복수가 차고, 요독으로 아무것도 먹지 못하던 날들에 항상 선희가 옆에 있었다. 슬퍼할 때도, 아무렇지 않은 척 웃을 때도, 때로 병원에서 재미난 일이 생겼을 때도 언제나 그랬다. 선희는 병원에서 자고 아침이면 출근했고, 저녁이 되면 병원으로 돌아와 다시 내 곁을 지켰다. 우리는 햇반을 돌려 병원 밥을 나눠 먹었다. 식당에 가서 제대로 밥을 먹으라고 하면 선희는 혼자 맛있는 걸 먹어서 뭐하냐고 답했다.

요독이 심해 하루 종일 메스껍던 때에는 먹는 게 고역이었다. 식사 시간에 병실 안을 감도는 음식 냄새에도 구역질이 났다. 퇴근한 선희는 내가 한술이라도 더 뜨길 바라며 나의 밥을 챙겼다. 바쁜 와중에도 저염식 반찬을 만들어 가져 왔다. 혹시 병원 밥이 맛이 없어서 그런 거라면 이거라도 먹어 보라며, 콩나물무침, 계란찜 같은 반찬을 숟가락 위에 올려주었다. 그러면 나는 그의 걱정을 덜어주고자 꾸역꾸역 한 숟갈이라도 더 먹었다. 그러다 결국 체해 밤새 잠을 못 자고 소화제를 먹고, 오심 방지 주사를 맞고, 등을 두드리고, 간호사 선생님을 호출하는 날들이 반복됐다. 몇 번이나 속을 게워내다 눈물을 쏟으면 선희는 따라 눈물지으며 자책했다.

새벽에 더부룩한 느낌이 들면 자는 선희 몰래 빠져나와 복도를 하염없이 걸었다. 선희가 나 때문에 속상해하지 않길 바랐다. 선잠이 든 선희는 이내 나의 부재를 알아차리곤 복도로 나와 내 손을 잡고 함께 걸어주었다. 선희의 손을 잡고 걸으면 어둠이 내려앉은 새벽도 금세 지나갈 것 같았다.

2017년에 내 몸이 바닥을 칠 때 선희는 쉰다섯 살이었다. 한 시간 넘게 운전해 출근하고 한 달을 내리 딱딱한 보호자 침대에서 자기에는 너무 많은 나이였다. 나는 새벽에 깰 때마다 선희의 얼굴을 종종 들여다봤다. 염색을 하지 못한 흰 머리, 불편한지 인상을 쓴 표정, 거칠어진 피부, 앙다문 입술. 곤히 잠든 그의 얼굴을 보면 눈물이 날 것 같았다. 낮에 잠깐 앉아만 있기에도 불편한, 딱딱하고 비좁은 보호자 침대 위에서 선희는 겨우 새우잠을 잤다. 어디에서나 곤히 잘 수 있다며 큰소리쳤지만 갈수록 그의 눈 밑은 어두워졌다.

게다가 애석하게도 병원 자리 운이 없어서, 항상 좁은 가운데 자리나 화장실 또는 세면대 옆자리에 배정을 받았다. 그러면 사람들이 용변을 보는 소리를 고스란히 듣고, 때로는 그들이 양치질하다 튀기는 물도 맞았다. 그런 자리에 놓인 우리는 서로를 안타까워했다. 나는 선희에게 보호자 침대를 좀 더 내 쪽으로 붙이라고 말하고, 조금이라도 몸이 괜찮은 날에는 집에 가서 자라고 우겼다. 어느 밤에는 치매기가 있는 옆 침대 할머니가 밤새 선희를 깨워 몸을 일으켜달라, 침대를 조정해달라, 하며 괴롭힌 적도 있었다. 선희는 그런 요구들을 싫은 내색 없이 들어주었다. 내가 그냥 모른 체하고 간호사 선생님을 호출하라고 하면 선희는 그럴 수 없다고 말했다. 자기가 없을 때 너도 누군가에게 도움을 받으려면 자신이 남을 도와야 한다고 말했다.

“우리 꼭 여행 온 것 같다, 그치?”

병원 생활이 한 달에 가까워지던 어느 날 선희는 내게 말했다. 늘 그렇듯 보호자 침대에 모로 누운 채. 나는 선희의 눈을 빤히 들여다보았다. 그는 이 상황은 어떻게든 지나갈 거라고, 병원에 있는 덕분에 우리가 더 많은 얘기를 나누게 되었다고, 둘이서만 호텔에 와서 지낸다고 생각하자고 말했다. 그러면 나는 “치, 이렇게 불편한 호텔이 어딨냐”라고 답하며 등을 돌렸다. 눈물이 날 것 같았기 때문이다. 나는 그맘때쯤 길어지는 병원 생활에 지쳐가고 있었다. 어쩌면 나를 이제 그만 포기해야 할지도 모른다고 생각했다. 무엇보다 힘든 건 가족들에 대한 미안함이었다. 선희는 그런 내 마음을 알고 있는 것 같았다.

열다섯 살에 엄마를 잃은 선희는 언제나 내게 스스로를 위로할 줄 알아야 한다고 말했다. 힘듦을 토로할 때마다 그 말을 듣던 나는 “엄마는 왜 위로를 안 해줘!” 하고 더 크게 울었지만, 이제는 알 것 같다. 선희는 내게 홀로 서는 연습을 시켜온 것이다. 그가 어릴 때부터 얼마나 스스로를 위로하고 다독여왔을지 감히 상상해본다.

선희는 내게 말한다. 지금까지 살아낸 것만도 대단하다고,

더 이상 무언가를 해내면서 너의 존재를 증명할 필요 없다고. 나는 마음이 무너져 내릴 때마다 선희가 내게 해준 말들을 떠올린다. 이해가 안 되면 외우라고 했던가. 암기하듯이 그 말들을 왼다. 나는 대단해, 나는 괜찮을 거야, 그가 내게 말했듯이 스스로를 달랜다. 그것조차 잘되지 않으면 선희에게 달려가 슬픔을 토로한다.

선희 없는 나를 여전히 상상할 수 없다. 오늘부터라도 나는 선희에게 더 많은 사랑을 돌려줄 것이다.

엄마, 사랑해. 아프지 마.

## 별일 없는 삶

주변 사람들은 나를 위로하며 말한다.

"이식하고 건강해지면, 지금 이 시간을 '그럴 때도 있었지' 하고 웃으면서 추억하게 될 거야."

과연 그럴까? 의사 선생님도 수술 후에는 아주 건강해질 거라 말했지만, 정작 나는 그 모습이 잘 상상되지 않았다. 배에 도관을 심은 지 일 년도 채 되지 않았는데, 깨끗했던 배가 전혀 기억나지 않았다.

추억에는 조건이 붙는다. 지금 상황을 추억하려면, 더 나아진 상황 혹은 미래로 가야 한다. 배에 호스가 달린 채로 지금 이 시간을 그리워할 수는 없었다. 1년간 투석을 하고 이식 수술을 받는 것이 계획이었지만, 계획된 미래는 좀처럼 가까이 와주지 않았다. 피를 나눈 가족이니 마음만 먹으면 누구에게든 신장을 받을 수 있을 거라고 생각했는데. 마음이 있어도, 넘치게 있어도 이식 수술은 결코 쉬운 일이 아니었다.

내가 스물일곱에 투석을 하게 됐다는 것은, 부모는 거의 예순에 가까운 나이라는 걸 말했다. 건강해 보이는 사람도 공여하기 쉽지 않은 나이였다. 선희와 성우는 나에게 새로운 생을 주기 위해 자신들의 몸을 살폈다. 엄마는 배가 많이 나와 공여가 어려울 것 같다며, 내가 투석을 시작하기 전부터 체중 감량을 시작했다. 결국 내 몸에 도관이 달렸을 때 그는 13킬로그램이 빠져 있었다. 그러면서도 힘든 내색 없이 이렇게 된 김에 나도 건강해지는 거지, 라고 능청스레 말했다. 비슷한 시기에 아빠는 평생을 가까이하던 술, 담배를 끊었다. 자기가 독하게 금연과 금주를 택한 것은 트렌드에 맞춰가기 위함이라며 너털웃음을 지었다. 나는 모르는 척 그 말을 믿고 싶었다.

노력이 언제나 행운을 가져오는 것은 아니라는 사실, 이

자명한 진리를 우리는 매번 잊는다. 선희는 다행히도 희소암이 아니었지만, 평생 약을 먹으며 관리해야 했다. 암이 아니라는 간단한 말을 듣기까지, 우리는 복잡한 경우의 수를 상상하며 계획을 세웠다. 아픈 건 오직 나뿐인 줄만 알았는데, 가족이 아플지도 모르는 미래는 아주 가까이 있었다.

아빠는 퇴근 후 당구장에 가고, 엄마는 호쾌한 웃음소리를 내며 좋아하는 티비 프로를 보는 날들이 이어졌다. 그리고 우리는 다시 알맞은 신장 공여자를 찾아 나섰다. 동생과 아빠 모두 검사를 받겠다고 했고, 조심스레 의견을 주고받은 끝에 아빠가 먼저 후보가 되었다.

속으로는 성우의 건강을 걱정했다. 그는 내가 엄마 배 속에 있을 때, 갑작스러운 고열로 사흘간 의식불명인 적이 있었다. 학생 운동과 그로 인한 2년가량의 수감 생활 동안 심한 고문을 겪기도 했다. 그 후유증을 얻어 정기 검진도 받고 있었다. 그런 성우를 알기에, 선희도 자신이 먼저 공여자로 나선 것이었다.

아니나 다를까, 성우의 1차 검사에서 미세 단백뇨가 관찰되었다. 일상생활만 하려면 문제없지만, 공여를 위해서는 단백뇨의 원인을 찾아야 한다고 했다. 조직검사로 어떤 병의 존재가 밝혀진다면, 공여 후에 큰 문제가 될 수 있기 때문이었다. 웅은 그럴 필요 없이 자신이 공여하겠다 거듭 말했지만, 성우의 견고한 뜻을 이길 수는 없었다. 그는 우리에게 말했다. 결국 희우에게 신장을 주지 못하더라도, 할 수 있는 데까지 해보고 싶다고.

아빠는 결국 허리를 찌르는 조직검사를 받았고, 나와 선희가 입었던 옷을 입고 병원 침대에 누워야 했다. 든든하기만 하던 아빠의 손이 많이 늙어 있었다.

선희와 성우가 병원에 누워 있고 나서야 주름진 손과 희끗희끗한 머리칼을 마주했다. 아픈 자식은 철없이 자신의 고통만을 말할 줄 알았다. 몇 달간 지속되는 부모님의 검사, 그리고 조마조마한 기다림, 그 속에서 발견하는 부모님의 나이 듦. 부모에게 받는 것이 쉽게 느껴졌던 첫 마음은 온데간데없었다. 함부로 새로운 생을 꿈꾸던 내가 싫었다.

그즈음 나는 가족 이식을 포기하고, 뇌사 기증을 기다리는 게 나을지 고민했다. 가족이 아프지 않은 것에 감사하며 씩씩하게 지내는 것도 나쁘지 않을 것 같았다. 무엇보다, 나의 건강을 위해 누군가의 희생이 필요하다는 사실에 마음이 무거웠다. 우리나라는 뇌사 기증이 적은 편이라서 서울 대형병원에서 평균적으로 10년 이상 대기해야 한다. 10년, 막상 그 까

마득한 세월을 세어보자니 가슴이 답답했다. 가족 이식을 받지 않겠노라 선언할 용기가 없는 나도, 그렇다고 죄책감을 덜어내고 씩씩하게 웃는 모습을 보일 수 없는 나도 끔찍했다. 어떤 식으로든 누군가의 희생을 바탕으로 건강해져야 할 내가 가증스러웠다.

감정은 거센 파도처럼 출렁였다. 몸 상태마저 좋지 않은 날에는 출렁이다 못해 감정이 흘러넘쳤다. 성우의 검사 결과를 기다리는 동안, 나는 넘친 마음을 아빠에게 토로했다. 성우의 두꺼운 손을 잡고 산책로를 걷다가 울컥, 곧 인생이 끝나버릴까 두렵다 말했다. 누구에게도 꺼내놓기 어려운 불안을 아빠에게는 툭, 툭 잘도 내뱉었다. 성우는 묵묵히 내 손을 꼭 잡아주었다. 그의 따뜻한 손에 비해 내 손은 볼품없이 작고 초라했다.

얼마 후, 나는 병원에 입원해 있었다. 어느 날부턴가 숨이 잘 쉬어지지 않았다. 마른기침이 끝없이 나와 잠을 잘 수도, 밥을 먹을 수도 없었다. 마음의 병이나 역류성 식도염인 줄 알았는데, 몸 상태는 생각보다 좋지 않았다. 마음에 가득 고인 눈물만큼, 몸에는 물이 차 있었다. 투석이 제대로 되지 않아 심장과 폐에 물이 찼다고 했다. 다섯 걸음도 채 걷지 못해 한참이나 숨을 골라야 했던 이유는, 나도 모르게 물에 잠기고 있었기 때문이다. 투석 환자가 수분을 몸 밖으로 빼내지 못하면, 꼭 물에 빠져 죽는 것처럼 서서히 익사할 수 있다는 말을 들었다. 몸속에 점점 차오르는 물을 상상하자 소름이 돋았다.

이 일로 심장 기능이 50퍼센트나 떨어져서 일주일은 병원에 있어야 했다. 가장 고요한 병동의 낮 시간, 창문으로 나른한 햇빛이 스몄다. 나는 또 여기에 누워 있구나. 익숙함과 지겨움에 고개를 젓다가 웃었다. 이대로 사라지고 싶으면서도 한없이 살고 싶어지는 곳이, 바로 병원이었다.

선희가 조용조용 다가와 가만 내 손을 잡아 주었다. 수술하면 다 나아질 거라고, 모두 괜찮아질 거라고. 그러니까 우리 예쁜 딸은 힘을 내기만 하면 된다고 말했다. 사실 나는 알고 있었다. 죄책감이 무거워 생각을 감췄을 뿐, 나는 살고 싶었다. 간절하게도, 이기적이게도 건강하게 살고 싶었다. 투석 줄에서 벗어나 자유로이 일상을 누리고 싶었다. 병과 몸에 대한 이야기가 아니라, 이제는 나에 관한 이야기를 나누고 싶었다. 선희의 손이 너무 따뜻해서 눈물이 나왔다.

# 콩 한 쪽도
# 나눠 먹는 사이

많이 가진 것을 나누는 것보다, 내게도 얼마 없는 것을 나누는 쪽이 사랑의 모양에 더 가깝다 생각한다. 웅과 나는 두 살 터울로 자라며 많은 것을 나눠왔다. 연습이 부족하던 어린 시절에는 한 대밖에 없는 티비와 컴퓨터 사용 시간을 두고 자주 다퉜다. 꼭 한창 재밌는 걸 하고 있다 보면 동생이 다가와 이제 자기 차례라고 성을 냈다. 조금만, 아 잠시만, 이라고 짜증 섞인 말을 서로 건네다가 결국엔 흘겨보고 우당탕 싸우기도 했다.

내가 회복한 몸을 믿고 다시 대학원에 진학했을 때, 웅은 포르투갈로 유학을 떠났다. 그 애는 가족 중 누구도 가보지 않았던 나라에서 일하며 공부했다. 우리는 외국인 노동자가 된 그 애를 퍽 안타까워했다. 대학원 한 학기를 마치고, 나는 결국 투석을 하게 됐고, 우리는 외딴곳에서 고생하는 동생에게 그 사실을 알리지 않았다. 웅이 때로는 하루 7시간씩 운전을 하고, 남의 눈치를 보면서 겨우겨우 자신의 꿈을 향해 나아가고 있다는 걸 모두가 알고 있었기 때문이다.

코로나19의 확산으로 그 애는 이듬해 한국에 들어오게 되었다. 귀국 비행기 표를 예약할 때가 돼서야 우리는 나의 투석 소식을 웅에게 전했다. 오래 아프다 결국 투석에 이른 나를, 멀리서 애달파할 그 애의 표정이 그려지는 듯했다. 그리고 웅이 한국에 들어온 지 2주도 지나지 않아 엄마는 환자복을 입고 누워 있었다. 발견된 이상 수치가 희소암 때문인지 아닌지 알기 위해 조직검사를 받은 후였다. 힘없이 누워 있는 엄마를 보고 웅은 더 단단히 마음을 먹었던 것 같다.

그 애는 엄마의 손을 꼭 잡고 말했다.

"엄마, 누나는 걱정 마세요. 제가 공여할게요."

누구도 이제 막 한국에 들어온, 게다가 자신의 꿈을 뒤로한 채 들어올 수밖에 없었던 웅이를 공여자로 생각하지 않았다. 오히려 선희와 성우는 가능한 자신들이 공여할 것이라고 잘라 말했다. 부모에게 웅은 또 하나의 자식이었다. 모든 자식은 하나하나 귀하고 애틋한 법이다. 이미 내가 아픈 것만도 족한데, 그 애마저 신장을 공여하고 약한 몸이 되기를 바라지는 않았을 것이다. 더불어 타국에서 자리 잡고자 마음먹은 웅이 공여한다면, 약해진 몸과 병원 일정이 그 애의 발목을 잡을 수도 있었다.

웅을 제외한 우리 모두 그 애에게까지 순서가 가지 않기를 그토록 바랐건만. 엄마, 아빠의 공여는 가능하지 않았다. 공여 적합성을 판단하기 위해 받은 성우의 조직검사 결과가 나오는 날, 나 대신 웅이 아빠와 병원에 갔다. 진료실로 들어섰을 때, 이식 담당의 선생님은 조직검사 결과지를 들고 한참 침묵을 지켰다. 흔들리는 눈빛으로 수치를 보다 말했다.

"죄송하지만, 아버님도 공여가 어려울 것 같으시네요."

성우는 당황스러워 이유를 묻고, 자기가 몸을 치료해 수치를 낮추면 공여가 가능하냐고 다시 물었다. 절실한 그의 물음은 부정으로 돌아왔다. 그는 이미 환갑에 가까운 나이여서 치료를 해도 공여할 만큼의 상태가 되지 않을 거라는 말이었다.

이어서 다른 공여자를 찾으셔야 할 거 같다는 의사 선생님의 말이 차마 다 끝나기도 전에 웅이 조심스레 물었다.

"선생님, 혹시 저는 공여가 가능할까요?"

갑작스러운 질문에 잠깐의 침묵이 흐르자 이어서 웅이 말했다.

"선생님, 저 오늘 검사받을 수 있게 해주세요."

그즈음 나는 아주 말을 아꼈다. 웅이 자신의 결정에 내 의견을 너무 고려하지 않길 바랐다. 조금이라도 망설여진다면 언제든 결정을 철회할 수 있도록, 너무 기뻐하지도 너무 기대하지도 않았다. 그 애에게 신장을 받는 것은 상상도 하기 어려운 일이었다. 웅의 찬란한 건강, 꿈, 앞으로 남은 날들. 그런 것들이 거듭 떠올랐다. 생에 대한 간절함도 무척 컸지만, 나의 불행이 그 애에게 옮겨가는 것이 더욱 두려웠다.

그런데도 웅은 자신의 미래를 계산하지 않고 내게 신장을 주겠다 했다. 다부진 미소로 쓸데없는 걱정은 하지 말라고 말했다.

우리는 모든 검사를 함께 다녔다. 위·대장 내시경, 항핵항체 검사, 신장초음파, 신우조영술, 정신건강의학과 면담 등 줄줄이 이어진 검사들에 언제나 함께였다. 꼭 내가 초등학생

때, 웅이 유치원을 몰래 빠져나와 우리 학교 운동장에서 나를 기다리던 시간처럼. 나는 웅을 기다렸다가 그 애가 나오면 손을 맞잡고 씩씩하게 걸었다. 용기와 존경과 무한한 애정이 서로에게 전해졌다.

가족 모두의 사랑과 헌신 속에서 나도 씩씩함을 찾아갔다. 미안해하며 눈물 짓기보다 감사한 마음으로 하루를 채웠다. 그렇게 웅과 나는 함께 수술대에 올랐다.

얼마 전 우리는 아주 작은 초콜릿 한 알을 나눠 먹었다. 옆에서 지켜보던 아빠는 웃으며 그 조그만 것도 나눠 먹느냐고 농담스레 말했다. 나와 웅은 차례로 말했다.

"그럼, 콩 한 쪽도 나눠 먹어야지!"

"그래서 내가 콩팥을 누나랑 나눈 거잖아!"

웅의 유쾌한 대답에 우리는 모두 배를 부여잡고 웃었다. 수술 부위가 아직 덜 아물어 있었다. 두 개뿐인 신장을 웅은 내게 나눠주었다. 작은 초콜릿 반쪽이 아주 달았다. 사랑의 맛인 듯했다.

## 너의 용기에 기대어

아픈 몸으로 살아가려면 매일 용기가 필요하다. 자신에게 얼마든지 닥칠 수 있는 불행을 미리 상상하지 않을 용기. 내 몸에는 예상치 못한 일이 종종 일어났기 때문에, 미래에 대해 낙관적이기란 몹시 어려웠다. 그런 내 몸과 마음을 있는 그대로 받아들일 힘도 용기에서 나오는 듯했다. 오랜 시간 남은 용기를 갉아먹으며 살아온 나는 자주 고갈되었다. 그럴 때마다 다른 사람의 용기가 말과 행동으로 내게 옮겨와 나를 살게 했다.

기대와 실망의 반복 끝에 이식 수술이 결정됐을 때 마냥 기쁘지만은 않았다. 공여자인 웅이에게 미안한 마음, 수술에 대한 불확실함과 고통에 대한 두려움 같은 감정들이 휘몰아쳤다. 엄마는 내가 씩씩해야 웅이도 마음을 다잡을 수 있을 거라고 말했지만, 나는 그 씩씩함이 더 염치없게 느껴지기도 했다. 그 애의 몸 한쪽을 내게 내어주는 일에 내가 씩씩하고 긍정적인 게 과연 괜찮은 일인지 알 수 없었다. 나는 어떤 마음을 가져야 하는지 모른 채 수많은 감정에 흔들렸다.

그즈음 나는 수면제를 먹고서야 잠들 수 있었다. 간절함과 미안함이 뒤섞여 잠들려는 나를 붙잡아 깨웠다. 수면제를 처방해주던 의사 선생님은 아픈 사람은 때로 이기적이어야 한다고, 그게 모두에게 더 좋은 일이 될 거라고 말해주었다. 하지만 나는 동생의 건강을 두고 결코 이기적이고 싶지 않았다. 그럴 수도 없었다.

부슬비가 내리는 초여름, 나의 생일날. 웅이는 내 방에 씰룩거리는 입꼬리를 누른 채 들어와 편지 봉투를 툭 던져두고 갔다. 평생 처음 그 애가 써준 편지였다. 삐뚤빼뚤 적힌 글 속에서 그는 나의 생일 선물로 자신의 헬스장 이용권을 끊었노라 통보했다. 의사들이 120점짜리 신장이라고 말했지만, 내게 더 건강한 신장을 주기 위해 필요했다고. 그것이 최고의 생일 선물이 될 거라 확신한다고도 적었다. 너무나 그 애다운 결정에 피식피식 웃음이 났다.

또 웅이는 공여가 자신이 잘 생각해서 내린 결정이라며, 혹시라도 빚진 사람처럼 굴지 말고, 쿨하게 가자고 유쾌하고 다정하게 덧붙였다. 온 문장에서 스며 나오는 온기에 젖어 있는데, 유독 마지막 문장이 나를 붙들었다.

"내년 생일에는 많은 것들이 좋아져 있을 거야. 설레하며 의미 있는 날 보내길 바라."

그 말에 나는 내년을 상상할 수 있게 되었다. 10월의 수술뿐 아니라, 내년도, 내후년도 반드시 내게 올 것이라는 걸 깨달았다. 이 시기를 잘 견디고 나면, 더 나은 날들이 틀림없이 올 것이다. 그 애의 선명한 확신에 마음을 조금 기대보기로 했다.

하지만 큰 수술을 앞둔 나는 가을이 되도록 절절맸다. 남들은 더 건강해지기 위해 하는 수술이라며 축하를 건네는데도, 나는 무엇이 그렇게 서러운지 자주 울었다. 어쩌면 내가 싫어서 울었던 것도 같다. 여전히 나는 내 몸을 여기까지 몰고 온 과거의 나를 탓했다. 그러다 못해 동생에게까지 건강을 뺏어와야 한다는 사실이 나를 많이도 할퀴었다. 그런 나를 붙들 용기는 점점 동났다.

웅이는 그런 내 마음을 아는지, 혹은 그 애도 자신의 마음을 붙들기 위해서인지 매일 병실에 찾아왔다. 병실 보호자 침대에 앉아 그저 자리를 지켰다. 커튼으로만 겨우 가려진 좁은 곳에 아무 말 없이 앉아 있어도, 어쩐지 그 애의 다정함이 내 맘에 자리 잡는 것 같았다. 문득 그 애에게 무엇이 너를 단단하게 만드느냐고 물었다. 그는 말했다.

"이건 우리에게 주어진 기적이니까, 우리가 두려워하기보다 감사하게 받아야 하는 것 같아."

가족끼리 신장을 주고 싶어도 줄 수 없는 경우가 많다고, 우리가 엄마와 아빠의 적합도 검사를 지켜보며 알게 되지 않았느냐고 덧붙였다. 나는 조금 부끄러웠다. 나는 고작 나 하나를 챙기느라 바빴다. 이 모든 과정이 우리 가족에게 어떤 의미일지, 앞으로 살아갈 나의 생에 어떤 순간이 될지 또렷이 보지 못했다. 웅이는 어느새 나보다 더 큰 사람이 되어 있었다.

나는 그 애의 확신에 기대어 나날이 씩씩해졌다. 울고 싶은 마음이 일렁일 때마다 한 노래 가사를 되뇌었다. '지금 내겐, 확신만 있을 뿐. 남은 건 이제 승리뿐!' 행운의 주문을 외듯이 읊조리며, 목의 대동맥에 카테터를 심었고, 그것을 통해 온몸의 피를 걸러냈고•, 주삿바늘들과 관장과 제모와 소변줄과 온갖 검사를 견뎠다. 그리고 수술 날, 이송 침대에 누워 엄마의 얼굴을 보고 조금 울었지만 씩씩하게 혼자 수술실에 들어갔다. 우리에게 주어진 기적, 너와 내가 만들어갈 기적을 상상하면서.

수술 후 병실에 돌아와 보니 웅에게 메시지가 와 있었다.

"누나 고생했어. 난 수술실 이동할 때는 기다려온 날이라고 기쁘게 생각하니까 안 무서웠고, 지금은 더 나아지고 이제 안 아파질 거라 믿으니 벌써 괜찮아! 우리 수술 잘 됐다니까 걱정 넣어두고 회복에만 전념해!"

끝까지 내게 용기를 주는 사람. 나는 그 애에게 영상 통화를 걸었다. 퉁퉁 부은 그 애의 얼굴을 보며 나는 씩씩하게 말했다.

"웅아, 내 안에… 너 있다!"

우리는 쑤시는 배를 붙잡고 입으로만 겨우 쿡쿡 웃었다. 그 애가 고통에 조금 쓸려나갈 때마다 전화를 걸어 웃긴 표정

• 웅과 나의 혈액형이 달라, 탈감작치료(혈장교환술)를 받아야 했다.

을 지어주었다. 이번엔 내가 그 애에게 용기를 돌려주고 있었다. 우리라면 어떤 것도 견뎌낼 수 있을 것만 같았다.

# 새 살 이
# 돋 아 난  자 리

나는 서러움에 싸여 깨어났다. 마치 아주 오랜 시간 그곳에 갇혀 잠들어 있던 듯했다. 팔다리의 움직임이 낯설었다. 조금씩 꿈틀꿈틀 움직여보니 그제야 주변의 웅성거리는 소리가 들려왔다. 수술은 잘 끝났어요, 동생도 괜찮대요, 어어 울지 말아요, 열 오르면 안 돼, 그런 말들이 귓속으로 들어와 느리게 이해되었다. 나는 울음을 거두지 못했다. 깨어나 보니 배가 아릿하게 아파서인지, 무의식 중에도 동생이 애틋해서인지, 여기까지 나를 몰고 온 나의 오랜 병과 운명이 억울해서인지 알 수 없었다.

수술 날 밤은 아주 길었다. 나와 웅의 신장 이식 수술은 밤 열 시에 끝났는데, 마취가 깬 후 여섯 시간은 잠들면 안 된다고 했다. 공여자인 웅이가 더 큰 고통을 겪고 있을 거라는 걸 알면서도, 그대로 맞아내야 하는 나의 고통 앞에 씩씩해지지 못했다. 수술 전에는 분명 나아지려고 하는 과정이니, 아파도 잘 견디자고 굳게 마음을 먹었는데. 인간은 고통에 몹시 취약하고, 또 마음은 너무도 간사해서 당장의 괴로움에 눈물이 줄줄 났다. 무통 주사는 오히려 헛구역질과 그로 인한 배의 통증만 주었다. 이 밤이 끝나지 않을 것만 같았다.

어김없이 아침은 밝았고, 한껏 초췌해진 나는 고개만 겨우 까딱하며 회진 온 외과 교수를 맞았다. 그가 입을 떼기도 전에 나는 물었다.

"선생님, 아직 너무 아픈데… 언제쯤 괜찮아지나요?"

고통의 기한을 미리 안다면 그때까지는 이 악물고 참아볼 수 있을 것 같았다. 그는 웃으며 답했다.

"많이 힘들죠, 그런데 사흘 후면 몸이 가뿐해질 거예요. 구름 위를 걷는 기분일걸?"

이렇게나 큰 수술을 받았는데, 고작 사흘 후에 몸이 가뿐해진다고? 나는 도무지 그 말을 믿을 수 없었다. 따끔하다고 했던 주사가 팔을 쥐어뜯는 듯 아팠던 적도 있었고, 컨디션이 많이 좋아질 거라던 투석도 쉽지 않았기 때문이다. 10년간 축적된 경험이 그를 신뢰하지 말라고 일러주었다.

이번엔 경험이 틀렸다. 3일 후 정말 구름 위를 걷는 듯했다. 물론 소변줄이 여전히 꽂혀 있고 수술한 배에 힘이 들어가지 않아 실제로 걸을 수는 없었지만, 분명 나는 구름 위에 있었다. 열 시간을 넘게 자도 나아지지 않던 피로감은 신속히 사라졌고, 머릿속은 가을 하늘처럼 상쾌하고 맑았다. 투석하던 때가 바로 며칠 전인데도 그때의 몸 상태가 잘 기억나지 않았다. 새로 태어난 것만 같았다. 오랜 시간 몸속에 갇혀 잠들어 있던 나는 새롭게 피어나고 있었다.

지난 일 년간, 나는 '끝나지 않는 삼재三災론'에 대해 떠들고 다녔다. 2017년 가을, 급격한 상태 악화로 쓰러진 후부터 삼재라고 생각하고 견디려 했으나, 3년이 지나도 도무지 불행이 끝나지 않는다고. 그래서 이식 수술을 기대하기가 참 어렵다고. 위축된 마음을 농담 섞어 내보이곤 했다. 그런 내게, 누군가 이런 말을 해주었다.

"나쁜 일이 끊임없이 이어질 것 같아도, 한 번 흐름이 바뀌면 계속해서 좋은 일들이 굴러들어 오더라고요."

생의 경험이 건네준 듯한 그의 확신에 절로 마음이 펴졌다. 10월 말의 이식 수술이 지나고 나면, 새로운 운명이 시작될 것도 같았다.

정말 새로운 시대가 도래했다는 듯 수술 후 병원 생활은 아주 순탄했다. 웅이의 신장이 내 몸에 잘 자리 잡아, 피가 한 방울도 섞이지 않은 깨끗한 소변이 열심히 나왔다. 그간 내 신장이 걸러내지 못했던 요독이 쓸려나가는 게 느껴졌다. 수술 직전 11.15에 달하던 크레아티닌 수치는 어느새 정상에 접어들어 0.77이 되었다. 수술 일주일째에는 심심할 만큼 몸이 가벼워졌고, 회진 시간은 어느새 병과 몸이 아닌 나의 일상과 미래에 대한 담소로 채워졌다. 기이할 정도로 순조로운 병원 생활을 마치고 집에 가는 길, 나는 새로운 운이 내게 깃든 걸 느낄 수 있었다. 더 이상 몸에 갇혀 있지 않은 나를 보았다.

그런데도 마음은 때로 불안했다. 긴긴 터널은 이제 정말 끝난 걸까? 이 찰나의 행운이 변덕 부리지 않고 내 곁에 머물러줄까? 오랜 투병 기간 쪼그라든 마음은 쉽사리 모양을 바꾸지 않았다. 신장병 환우 카페에서 보았던 이식 수술의 부작용과 거부 반응 같은 불행이 내 마음을 자주 침범했다. 지켜야 할 게 생기면 더 불안해질 수밖에 없었다. 그럴 때마다 새 신장이 들어온 자리를 매만졌다. 상처에 새살이 돋아나듯이, 마음에도 언젠가 새살이 돋겠지, 생각하면서. 새살의 자리는 더 단단해질 게 분명했다.

종종 거울 앞에 서서 내 몸을 바라본다. 내 배에 그어진 세 개의 선을 또렷이 본다. 손톱만 한 것, 손가락만 한 것, 손 전체로도 가려지지 않는 것. 도관이 자리 잡았던 구멍, 그 호스를 넣기 위해 찢었던 자국, 웅이의 신장이 들어간 곳. 그리고 겨드랑이, 가슴, 골반, 허벅지 곳곳에 자리한 선홍빛의 튼 살도 눈에 들어온다. 과거의 치열과 고통은 내 몸에 이렇게나 선명한 자국을 남겼다. 10년이 지난 튼 살은 색이 바랠 뿐, 나아지지는 않았다. 내가 생의 끝까지 가져가야 할 어떤 운명의 조각이 몸에 새겨진 것 같았다. 완치가 없는 루푸스는 끝나지 않으니까. 이식된 신장의 수명에도 기한이 있다니까. 완전한 끝이란 없을지도 모른다.

그러나 흉터의 모양이 작아지는 걸 바라보며, 몸과 마음의 회복력을 믿는다. 나의 역사는 나만이 안다. 내가 온몸으로 견뎌온 것들, 소실되어가는 몸속에서도 지키려고 했던 것들,

나를 잃지 않기 위해 애썼던 자국들. 그런 역사는 오롯이 나만이 알아줄 수 있다. 내가 아니면 누가 알아주겠어, 그렇게 나의 불안을 다독인다.

만일 또다시 아픈 운명이 찾아온대도, 나는 지금까지 그래 왔듯 울면서 씩씩하게 어두운 터널을 뚜벅뚜벅 걷는 사람일 테니까. 그리고 틀림없이, 그때에도 내 곁에 좋은 사람들이 있어줄 테니까. 내가 지나온 역사가 내게 그런 확신을 준다. 나의 서러운 울음은 이제 멎었다.

## 엄마가 보내는 편지

**사랑하는 희우에게**

네가 글을 쓴다고 했을 때, 그동안 살아오면서 힘들었을 누구에게도 드러내기 힘들었을 이야기를 털어놓음으로써 네 마음이 조금은 홀가분해지겠지, 하고 기대하는 마음이었어. 막상 글이 책이 되어 세상에 나온다고 하니… 많은 생각이 들었다. 성인이 다 된 딸아이의 아픔과 장애를 공개적으로 세상에 드러내야 하는 부모의 마음은 복잡하구나. 격려와 응원도 있겠지만, 솔직히 또 다른 상처를 받지는 않을까 염려가 들기도 해.

사랑하는 내 딸, 희우야.

네가 서른 살에 내게 찾아왔을 때, 나는 노동자의 삶을 경험하고자 성수동에 있는 공장에 다니고 있었다. 그 회사 생산직 근로자로서는 처음으로 출산 15일 전까지 근무했고, 출산 후에는 1년간 육아휴직을 냈었지. 그 이후 회사의 많은

여성 근로자들이 결혼하면서 회사를 퇴직하지 않고 계속
근무하면서 임신과 출산을 하게 되었단다. 너는 이미 엄마
배 속에서 엄마와 함께 멋진 일을 해낸 거야.

희우야.

돌이켜보니 너를 임신한 후부터 지난 29년 동안 너는 늘 나와
한 몸이었던 것 같아. 아빠가 서른세 살 나이에 갑자기 사경을
헤맸을 때도, 네 동생 웅이를 낳고 기를 때도 때로는 남편처럼,
때로는 동료처럼, 때로는 동지처럼…. 너는 늘
내 곁에서 나를 지켜주는 착하고 착한, 철이 일찍 든 아이였다.
어린 너에게 내 힘든 삶을 털어놓으며 의지했던 것 같아.
늘 네게서 위로받았고 격려를 받았어.
너는 세상을 다 주어도 바꿀 수 없는, 또 다른 나였다.
10년 전 네가 고등학교 2학년 때, 돌을 씹어 먹어도 소화가
될 그런 나이에 너는 희소병을 앓는 아이가 되었지.
네가 아프기 시작하면서 나는 늘 네가 병 때문에 좌절하지

않기만을 바랐던 것 같다. 그렇게 총명한 아이가, 그렇게 열정적인 아이가 아무것도 하지 않아야 안 아프다고 하니… 그렇다고 치료를 해서 완치되는 것도 아니라고 하니까, 솔직히 네가 아무것도 할 수 없음으로 해서 너무 우울해지지는 않을까 늘 그것이 걱정이었단다.

내가 아는 너는 잠시도 멍 때릴 줄도 모르고 늘 깨어 있는 아이였기에… 이렇게 오랫동안 투병 생활을 하게 될 줄도 모르고, 심지어 이 젊은 나이에 투석을 시작해야만 생명을 유지할 수 있을 줄도 모르고… 마음껏 쉬라고. 그저 쉬라고, 아무것도 안 해도 괜찮다고 말해주지 못하고. 늘 네가 하고 싶어 하는 것들을 해보라고 부추겼는지도 모르겠다.

희우야. 너는 태어남과 동시에 나의 자랑이었다. 지금도 눈이 부시게 아름답고 당당하지 않더냐.
그 아픈 몸으로 대학입시 면접을 보러 다녔고 서울대학교

면접을 보고 나오면서는 "엄마 나 합격할 것 같아. 면접관 교수님이 다른 면접관 교수님께 저 학생 좋네요, 라고 했어." 말하며 날아갈 듯이 기뻐했잖아. 스테로이드 복용으로 달덩이 같은 얼굴이었어도 (최근에 그 사진을 보니 정말 몰라보겠더라) 늘 씩씩하게 생활했잖아. 그동안 쓴 글을 보면서 내가 너에 대해 아는 게 별로 없다는 생각과 함께, 참으로 내 중심적으로 보고 싶은 것만 보아온 것은 아닌지 미안하더구나….

희우야, 그래도 네가 그동안 견뎌온 시간들을 후회하지 않기를 빌어. 아프지 않았으면 몰랐을 많은 감정과 타인에 대한 공감과 무엇보다도 네 마음을 들여다볼 수 있어서 더 성숙하게 되었을 지금의 너를 사랑하고 자랑스러워하길 빈다. 시련은 이겨낼 수 있을 만큼만 찾아온다는 말이 있잖니.
요즘 네가 책을 내려고 준비하면서 이제 비로소 20대 딸의 모습을 보게 된다. 어려서부터 부모의 경제적 짐을 덜어주고 싶어 했던 내 딸 희우. 초등학교 2학년 때 고사리손으로 점토로 모양을 만들어 냄비에 끓여서 만든 지우개를 반 친구들에게 50원씩 받고 팔았다고 자랑하던 너를 보며 얼마나 당황했는지.

중학교 입학 때는 인터넷으로 자기소개서를 접수해서 스마트 교복을 지원받았던 내 딸 희우.
스스로 공부하다가 조금은 학원에 다녀야 할 것 같다며 미안해하던 내 딸 희우.
그런 네가 아파서 대학교를 오랫동안 다니느라 등록금이 더 들어가게 되고, 또 수시로 택시를 타고 등교를 해야 하는 상황과 넘쳐나는 병원비를 너무 미안해했던 내 딸 희우.
그런 네가 글을 쓰면서 너무 열심히 살지 않아도 된다고 스스로 다독이며 자신을 살피는 어엿한 20대 아가씨의 모습을 보는 요즘. 엄마는 그것으로도 충분히 마음이 놓이고 안심이 된다.
희우야. 그 무엇과도 바꿀 수 없는 내 딸 희우야.

무슨 인연으로 우리가 이 생에서 모녀지간으로 만났는지 알 수 없지만, 너는 나에게 그저 고맙고 또 고마운 존재란다. 의술이 발달하지 못했던 옛날 같으면 벌써 너를 잃었을지 모른다고 생각한다. 지금도 내 옆에 있어줘서 고맙고, 포기하지 않고 또 다른 삶에 도전하는 네가 멋있고 자랑스럽다. 아무리 잘 나가는 아이들이 백 명 있어도 지금껏 내 곁에서 나와 함께 해준 너와 바꾸지 않을 것이고, 너를 포기하지 않을 거야. 더 잘해주지 못해 미안하고 미안하다. 더 좋은 일들이 우리를 기다리고 있다고 믿으며, 지금처럼 꿋꿋하게 씩씩하게 헤쳐나가 보자꾸나.

내 딸 희우야. 사랑해.

## 나는 나로 살고 싶었다

"천천히 가면 더 많은 걸 보게 될 거야."

그 위로의 말이 참 싫었다. 나는 천천히 가고 싶지 않아. 빠르게 달려서 저 높이, 저 멀리 나아가고 싶어. 야망은 병 앞에서 무참히 투명해졌다. 발목에 걸린 족쇄처럼 병은 나를 느리게 만들었고, 때론 주저앉게도 했다. 무거운 걸음을 내디딜 때마다 자주 고개가 푹 꺾였다. 맘에 들지 않는 나와 병, 그 외에 무엇도 보이지 않았다.

건강한 나만이 진짜 나라고 믿는 동안, 아픈 나는 스스로에게 부정당한 채 오래 외로웠다. 꼬박 10년. 어떻게 지나왔는지 모를 시간 동안 다만 내가 되길 바랐다. 루푸스도, 투석 환자도 아닌 오직 나로 살고 싶었다.

2020년 10월, 새 생을 만났다. 동생의 신장으로 나는 새로 태어났다. 아기가 걸음마를 연습하듯, 병원 침대를 붙잡고 한

발 한 발 걸었다. 조심조심, 엉금엉금. 겨우 몇 걸음을 걷곤 다시 앉아 헥헥거리면서도, 침대 부근에서 병실 전체로, 또 긴 복도 한 바퀴로 걸어나갔다.

수술 후 약 다섯 달 동안 많은 것을 주의해야 했다. 이유식을 먹듯 모든 음식을 익혀 먹었다. 익숙하게 집어먹던 샐러드와 김치와 생꿀과 후식 과일을 무의식적으로 집어 먹지 않도록 신중해야 했다. 모든 식기는 집에서도 유아용 소독기에 들어가 빨간 불을 쬐었다. 시간이 지날수록 투석하며 말라갔던 소변이 다시 나오고, 어두워졌던 낯빛이 돌아왔다. 그토록 바랐던 새 삶이 천천히 피어오르고 있었다.

마음 한편에는 아픔이 잘 지지 않는 때가 되어 남았다. 처음 집으로 돌아왔을 때는 자주 허겁지겁 잠에서 깼다. 투석 시간을 놓쳤을까봐 당황해하다 배를 만져보곤 안도의 한숨을 내쉬었다. 거부반응이나 거대세포 바이러스가 새 신장을 앗아갈까 두렵기도 했다. 여전한 마음처럼 챙겨 먹어야 하는 약들도 나를 떠나지 않았다. 얼굴을 붓게 해 그토록 싫어했던 스테로이드는 한 알로 줄였다. 대신 셀셉트나 프로그랍 같은 다른 면역억제제들과 함께 아침을 맞는다. 웅의 신장이 처음부터 내 몸이었던 건 아니라서, 면역계가 적으로 여겨 공격할 수도 있기 때문이다. 웅의 신장이 내 몸에 존재하는 한 이 약들과 함께일 것이다.

수술 후 일 년 동안 나는 무럭무럭 자랐다. 허리를 펴고 걷게 되었고, 과일과 생채소도 먹을 수 있게 되었으며, 유아용 소독기도 더 이상 필요 없어졌다. 요즘엔 아침에 눈을 뜨면, 다시 살며시 눈을 감고 심호흡을 한다. 차분히 숨을 들이쉬고 내쉬는 동안 몸을 살핀다. 머리, 눈, 턱, 어깨, 배와 팔과 다리까지. 어깨에 붙은 긴장과 자주 찾아오는 배앓이, 피곤할 때마다 붓는 손을 점검한다. 아침의 첫 몸 상태를 정확히 알아야 하루를 잘 살아낼 수 있다. 가끔은 그저 건강히 챙겨 먹고, 씻고, 낮잠을 자는 것으로만 하루를 보내야 할 때도 있다. 기운이 도는 날에는 글을 쓰고, 책을 읽고, 미래를 향한 눈을 잠깐 돌리기도 한다.

새 삶을 잘 지켜내야 한다고, 천천히 몸을 돌보며 살자고 거듭 다짐한다. 하지만 나는 여전히 나여서, 때로 조급함이 차오른다. 어서 뭐라도 되고 싶어서, 새로이 찾아낸 이 생의 기쁨으로 얼른 세상 밖으로 나가고 싶어서 머릿속이 온갖 꿈과 계획으로 가득 찬다. 그럴 때면 시동 걸린 자동차처럼 마음속에 드릉드릉 소리가 울린다. 그때마다 내 마음에게 단호하게 항변한다. 나의 새 삶은 아직 한 살도 되지 않았다고. 더 무럭무럭 자라야 한다고.

조급해지는 나도, 그런 나를 꾸짖는 나도 이제는 모두 안아줄 수 있다. 병으로만 가득 찬 내가 아니라, 가슴이 가리키는 곳을 향해 즐겁게 걷는 내가 오랜 시간 그리웠다. 그렇기에 자꾸만 꿈과 희망이 움터 급해지는 마음도 눈물겹게 이해

된다. 동시에, 새로운 생을 섣부름으로 그르치지 않고 싶기도 하다.

드릉드릉 소리가 울리는 아침에는 밀크티를 끓인다. 예전에는 바쁜 일정 중 쉽게 사 마셨던 밀크티를 집에서 만들어본다. 물의 온도를 맞추고, 찻잎을 계량해서 넣고, 향이 날아가기 전에 뚜껑을 덮었다가 불을 천천히 줄여 우유를 붓는다. 뚜껑을 열어두고 휘휘 젓는다. 아침의 소리를 들으며 6분 동안 휘휘. 그리곤 계량해둔 설탕을 넣고 잘 녹도록 다시 젓는다. 가만히 서서 7분을 기다리는 동안 밀크티만을 생각한다. 다음의 일정도, 해내야 할 일들도, 챙겨야 할 교과서나 시험 준비도 없이, 오직 내 입맛에 맞는 밀크티만을 그린다.

따뜻하고 달달한 밀크티를 한 잔 마시며 숨을 고른다. 마음에도 몸의 속도가 스민다. 천천히, 천천히. 그래도 늦지 않아. 달콤한 밀크티만큼 다정한 말을 내게 건넨다. 이제 나는 지나온 삶이 부끄럽지 않다. 빼곡히 적어 내려가며 알게 된 것들이 있다. 주어진 운명이 나를 넘어뜨린대도, 나는 많이 울고 다시 일어나 천천히라도 줄곧 걸어왔다는 것을. 내가 나를 망친 게 아니라, 새로운 생으로 이끌었다는 것을 충분히 안다.

지금의 몸과 마음을 가질 수 있게 된 것은 모두 가족의 덕분이다. 아픈 내게 언제나 힘이 되어준 가족과 나를 새로 태어나게 해준 웅을 생각하며 조심조심 하루를 산다. 이제 내 몸은 나만의 것이 아니기에, 나의 애틋한 동생을 다루는 것처럼 몸을 사용한다. 내 것이었다면 생기지 않았을 연민과 사랑과 다정과 애달픔이 몸에 깃든다.

천천히 가면 더 많은 것을 볼 수 있다는 말을 조금 알 것 같다. 느리지만 단단히 밟아온 나의 걸음들이, 내가 나로 살게끔 해주었다. 가끔은 때 묻은 아픔의 흔적에 엉엉 울기도 하겠지만, 또 언젠가는 다시 고통의 날이 찾아올지도 모르지만,

그런 나를 부정하지 않고 잘 끓인 밀크티를 대접해 달래주고 싶다. 그리고 아픈 삶을 살아낼 나를 힘껏 안아주고 싶다. 짙은 어둠 속에 다시 놓인대도, 울면서도 씩씩하게 걸을 힘이 내게 있다는 것을 안다. 그리고 그런 내 곁에 당신이 함께해 주리라는 것을 나는 이미 알고 있는 것 같다.